ET TON CŒUR QUI BAT…

ÉGALEMENT CHEZ POCKET

UN MERCI DE TROP
TU AS PROMIS QUE TU VIVRAIS POUR MOI
AVEC DES SI ET DES PEUT-ÊTRE
D'ICI LÀ, PORTE-TOI BIEN
VOUS FAITES QUOI POUR NOËL ?
ET TON CŒUR QUI BAT…

CARÈNE PONTE

ET TON CŒUR QUI BAT…

Michel LAFON

MIXTE
Papier issu de
sources responsables
FSC® C003309

L'éditeur de cet ouvrage s'engage dans une démarche
de certification FSC® qui contribue à la préservation
des forêts pour les générations futures.

Pour en savoir plus :
www.editis.com/engagement-rse/

ISBN : 978-2-266-31580-7
Dépôt légal : juin 2021

À Andréa, Charlotte et Laure,
merci d'être là.

Le rituel est chaque fois le même : elle referme le livre qu'elle est en train de lire, coupe la musique qu'elle aime laisser en bruit de fond, éteint les lumières, puis se dirige à pas de loup vers la chambre où dort sa fille depuis quelques heures déjà.

Elle entrouvre la porte dont elle prend régulièrement soin d'huiler les gonds pour qu'elle ne fasse aucun bruit, s'approche du lit, pariant mentalement sur la position dans laquelle elle la trouvera : sur le ventre, sur le côté, les pieds sur l'oreiller, en travers du lit… Une fois, elle était même allongée à moitié sur son matelas et à moitié par terre, jambes pendantes, sans que manifestement son sommeil en soit troublé.

Ce soir, la fillette est sur le dos, genoux pliés, la tête bien posée sur l'oreiller. La couette, elle, gît sur le sol. Sa poitrine se soulève régulièrement.

Elle ferme les yeux pour se laisser envahir par ce petit souffle rassurant qui lui est si familier et qu'elle craint toujours de ne pas entendre.

Est-ce que la peur de trouver son enfant ne respirant plus nous quitte un jour ?

Elle sait pourtant qu'il n'y a désormais aucun risque de mort subite du nourrisson pour sa petite chérie, et ce depuis des années, mais c'est plus fort qu'elle.

Alors, chaque nuit, avant d'aller se coucher, elle entre, juste quelques secondes, juste pour vérifier.

Puis elle dépose un léger baiser sur le front de son enfant.

– Fais de beaux rêves, ma princesse, maman veille sur toi.

– 1 –

Assise dans la salle de réunion, j'écoute d'une oreille ce que Sam, la directrice de Voyag'Elles, est en train de nous exposer. Mon esprit peine à se concentrer.

Une fois de plus, je n'ai réussi à trouver le sommeil qu'au milieu de la nuit, après toutes sortes de tentatives pour me contraindre à m'endormir : lecture, exercices d'étirement et de respiration, écoute d'une playlist de musiques de relaxation conçue par des insomniaques médaillés d'or, absorption de litres de tisane aux vertus prétendument calmantes mais qui n'ont pour seul effet, dans mon cas, que de me donner envie de faire pipi toutes les trente minutes.

L'insomnie en plus du reste, c'est un peu la brique sur le caillou.

— Roxane ? Tu en penses quoi ?

La question de Sam me ramène brutalement dans la pièce. Mes collègues ont toutes les yeux tournés vers moi, attendant visiblement que je dise quelque chose.

— Pardon, Sam, j'étais ailleurs.

— Oui, je vois ça, me dit-elle avec sa sollicitude habituelle.

Alors qu'elle pourrait trouver à redire à mes absences, au propre comme au figuré, jamais elle ne me fait de remarques. C'est l'avantage de travailler avec une amie dans une société que l'on a créée ensemble.

* * *

L'idée de Voyag'Elles nous est venue au cours d'un week-end que nous passions toutes les deux à Prague pour fêter l'obtention de notre master en tourisme et management. Sam se préparait à prendre quelques semaines plus tard un poste de direction dans un hôtel sur la Côte d'Azur ; de mon côté, je peaufinais l'organisation du tour du monde dont je rêvais depuis toujours.

À peine arrivées, nous nous étions attablées dans un bar, au hasard, avant même d'aller déposer nos valises à l'hôtel, juste pour le plaisir de trinquer sans attendre aux vies professionnelles qui s'ouvraient à nous.

Quelques cocktails après, un guide touristique sous nos yeux plus complètement en face des trous, il faut le dire, nous tentions d'établir le programme des deux jours à venir.

— Ce guide est nul ! s'était soudain exclamée Sam en le balançant par terre. Rien que des boîtes de nuit, des bars ou des lieux pseudo-branchouilles où l'on ne croisera que des nanas en robes moulantes et des mecs aux torses imberbes sous la chemise déboutonnée, tous en quête de likes sur Instagram. Pas le moindre intérêt, rien qui sorte des sentiers battus. Rien pour nous ! Ça fait suer.

— Envoie-leur une lettre de réclamation.

— Tu parles, ça ne servira à rien, tous les guides sont comme ça, ils ont une vision du tourisme qui date du siècle dernier, et masculine en plus.

— T'as raison, l'avais-je confortée après avoir récupéré, feuilleté et à mon tour envoyé valdinguer le guide pourtant affublé d'un sticker « NUMÉRO 1 DES VENTES ». Tu sais quoi ? On devrait faire notre propre guide.

— Ouais, bonne idée ! Un guide pour femmes, écrit par des femmes ! avait complété Sam. Trinquons !

Nous avons trinqué tout le week-end… et ensuite arpenté Prague sans aucun repère, demandant conseil aux habitants, faute de guide que nous avions fini par brûler lors d'une sorte de cérémonie célébrant la fin de l'ancien tourisme, dans un état d'euphorie auquel nos libations n'étaient pas étrangères.

Nous prenions des notes et rédigions le soir des textes pour notre guide idéal, comme investies d'une mission de la plus haute importance. Je crois que j'en ai encore le contenu sur une clé USB, il faudrait que je fouille pour la retrouver.

Et nous sommes rentrées. Fin du week-end, fin du délire guide touristique à la sauce féminine.

Sam a pris son job à l'hôtel, et j'ai fait le tour du monde, comme prévu.

À mon retour, j'ai aussitôt appelé mon amie pour lui proposer de boire un verre.

— Tu as une idée de ce que tu vas faire maintenant que tu es rentrée ? me demanda-t-elle alors que nous prolongions la soirée dans un restaurant indien proposant un poulet tikka masala digne de ceux que j'avais pu déguster lors de mon passage dans le pays.

— Pas vraiment. Je vais sûrement postuler dans des agences de voyages. Ou peut-être dans un hôtel, comme toi, je ne sais pas encore trop.

— On devrait le faire… murmura Sam.

— Hein ? On devrait faire quoi ?

— Notre guide touristique. On devrait se lancer. Ça paraît complètement fou, je sais, et financièrement flippant, mais je ne cesse d'y penser depuis un an. J'ai des tas d'idées et je suis certaine que ça pourrait marcher.

— D'accord, répondis-je sans trop réfléchir. Je suis partante.

Quelques mois plus tard, Voyag'Elles était né. Le concept était assez simple : faire découvrir une ville ou une région autrement, par l'intermédiaire d'endroits plus atypiques, moins touristiques finalement, tout un paradoxe. Nous voulions un regard féminin et espérions séduire une autre clientèle que celle des guides habituels. Dix ans plus tard, le pari était réussi, nous nous étions fait une place, et une belle, dans cet univers très concurrentiel.

Comme un clin d'œil, nous avions choisi Prague pour notre premier titre, y séjournant cette fois-ci plusieurs semaines, ne comptant pas nos heures.

De nombreuses villes figuraient désormais dans notre catalogue : Milan, Barcelone, Lisbonne, Bruxelles mais aussi des destinations plus lointaines comme New York ou San Francisco. Toujours sur le même modèle, toujours avec la même passion, la même envie de faire découvrir des endroits inconnus, de présenter des personnalités hors du commun.

L'équipe était maintenant composée de vingt personnes, toutes des femmes, parti pris assumé et revendiqué.

Deux ans plus tôt, j'avais exposé à Sam une idée qui me trottait dans la tête depuis un moment pour diversifier l'activité et sortir du modèle guide papier.

Sa réaction enthousiaste m'avait ravie, j'avais peaufiné le projet et en quelques semaines nous avions adjoint à Voyag'Elles une partie blog, bien plus interactive et spontanée, tournée cette fois vers les villes et régions françaises.

Depuis lors, j'avais la responsabilité de ce blog. Nous choisissions une ville, je partais sur place quelques jours ou plusieurs semaines selon la richesse des découvertes, et je publiais tous les jours ou tous les deux jours un billet sur le blog pour présenter mes coups de cœur. Le succès avait été quasi immédiat, le nombre de visites sur le blog augmentant chaque mois. Une communauté fidèle suivait désormais les publications, dépassant largement les personnes ayant décidé de visiter la ville ou la région en question.

* * *

Alors que la réunion touche à sa fin, réalisant que j'ai complètement lâché prise, je m'excuse devant toute l'équipe, confuse de mon manque d'attention.

— Pardonnez-moi, je n'ai pas beaucoup dormi cette nuit, mais je vais tâcher de me concentrer. Tu disais, Sam ?

— On évoquait le blog et le fait que ces dernières semaines tu étais plutôt dans un registre urbain voire très urbain. Ça pourrait être pas mal de varier un peu ?

— Pour la campagne ? Pas de souci, ça me va. Vous pensiez à une région en particulier ?

— Pas vraiment, plusieurs pourraient être intéressantes, la Provence, la Bretagne, la Camargue…

— Va pour la Camargue.

— Tu n'es pas obligée de repartir tout de suite, objecte Sam aussitôt. Tu viens à peine de rentrer et tu parais crevée. Prends peut-être quelques jours pour te reposer ?

— Ne t'inquiète pas pour moi, je me sens suffisamment en forme. Juste le temps de faire quelques lessives, quelques recherches, et je repars sur le terrain, dis-je en ajoutant un sourire que je souhaite convaincant.

Ici ou ailleurs, après tout, les insomnies seront les mêmes.

Alors autant que ce soit ailleurs.

* * *

Une fois toute notre équipe partie, je reste avec Sam pour débarrasser et ranger.

Depuis que nous nous sommes liées d'amitié avec Astrid qui a monté son activité de traiteur à domicile au coin de notre rue, nous terminons toutes nos réunions par un déjeuner rapide en mode wraps, soupes froides, club-sandwichs ou salades, selon les humeurs et les envies de la cuisinière.

— Tu es sûre que ça va, Roxane ? Excuse-moi d'être franche mais tu as vraiment une sale tête.

— Oui, ça va, t'inquiète. J'ai juste passé une mauvaise nuit. Et tu sais comme moi que le manque de sommeil ne fait un joli teint à personne.

— Mouais. Tu es certaine de vouloir repartir direct comme ça alors que tu es rentrée il y a à peine trois jours du précédent déplacement ? Tout le monde comprendrait, tu sais…

— C'est vraiment gentil mais je t'assure que ça va. Je vais me coucher tôt ce soir, et demain, tu verras, je serai en pleine forme, lui assuré-je avec une bonne dose d'autopersuasion.

— Je n'insiste pas, message reçu ! La Camargue, ça va être sympa en cette saison. Il faudrait que moi aussi, je pense à me faire une petite session en mode baroudeuse, ça me manque un peu.

— Il fallait quelqu'un pour tenir les rênes et développer tout ça. Et de nous deux nous savions très bien que ça ne pouvait pas être moi. C'est à peine si je pense à payer mes factures.

Gagnée par une soudaine vague de nostalgie, je m'assois et poursuis :

— Si on nous avait raconté tout ça lors de notre soirée à Prague… Je suis certaine qu'aucune de nous n'y aurait cru.

— Et surtout, aucune de nous ne s'en serait souvenu le lendemain ! plaisante Sam. Qu'est-ce qu'on avait picolé ce soir-là… Tu as raison, reprend-elle plus sérieuse, c'est vrai qu'on vit un truc magique.

— Magique, magique… moyennant cinquante heures de boulot par semaine pour toi et une absence de vie privée pour moi, rétorqué-je en riant.

Le rire n'étant pas loin de basculer vers les larmes, je me lève pour y couper court.

— Allez, je file chez moi. Ce n'est pas le tout mais j'ai quelques recherches à faire sur ma prochaine destination, mes valises à préparer. Et du sommeil à rattraper. Comme d'habitude, je t'envoie mon projet de carnet de route avant mon départ.

Je lui fais une bise sur la joue, saisis mon sac et me dirige vers la sortie.

— Roxane ?

— Oui ?

— Tu sais où me trouver si jamais tu as besoin.

— Oui, je sais, merci, balbutié-je après quelques secondes.

Devant la porte de mon appartement, je fouille au fond de mon sac à main pour y dénicher ma clé. Ma main tremble un peu au moment de l'insérer dans la serrure, je n'y prête plus guère attention. Difficile de faire taire complètement son corps.

Cela fera neuf ans le mois prochain que je vis ici, dans cet appartement que j'ai eu tant de mal à trouver. J'en ai visité plus d'une vingtaine, jamais totalement convaincue. Trop petit, trop bruyant, mauvaise orientation, il y avait toujours quelque chose qui clochait.

À force de regarder les émissions immobilières à la télévision, je m'étais mis en tête que je saurais dès la première seconde si un appartement était le bon. À chaque espoir déçu une fois la nouvelle porte poussée, je me consolais en me disant que ce serait le prochain.

Et puis, un peu pressée par le temps, alors que je commençais à ne plus trop y croire, à me résigner à faire une offre sur l'un des appartements réunissant une majorité de critères favorables, j'avais ouvert une nouvelle porte et en effet j'avais su. Un trois-pièces, pas très grand mais particulièrement lumineux en raison d'une immense baie vitrée courant le long de la pièce principale.

Une émotion à laquelle je ne m'attendais pas m'avait saisie, j'avais demandé à rédiger une offre d'achat avant même la fin de la visite.

Je me souviens des semaines d'attente avant de pouvoir prendre possession des lieux ; j'écumais autant que possible les magasins de décoration, changeant sans cesse les coloris et la disposition des meubles dans mon esprit.

Je me souviens de l'emménagement, des quelques travaux que j'avais fait faire, notamment les peintures et l'installation dans la salle de bains, à la place de la douche, d'une baignoire, bien plus propice à la relaxation.

Neuf ans plus tard, il n'y a pas beaucoup de changement dans cet appartement. Les meubles sont les mêmes, la décoration n'a pas bougé, seul manque aujourd'hui le plaisir que je ressentais en ces lieux, double peine que je n'avais pas prévue.

Désormais, je pose mes affaires sur la petite table placée à cet effet dans la pièce principale et me dirige vers la cuisine presque comme une automate, sans même allumer les lumières. J'ai appris à faire abstraction de l'environnement, des murs, des bibelots.

J'ai envisagé de déménager, à de nombreuses reprises, mais sans être capable de prendre la décision, alors j'ai fini par me dire qu'avec le peu de temps que je passais chez moi cela n'était pas indispensable.

Ce soir, j'insère une capsule de café dans la machine à expresso et me concentre sur le bruit de l'eau qui coule, sur l'odeur qui m'emplit les narines. J'ai toujours aimé l'odeur du café, elle agit sur moi comme une madeleine de Proust. Instantanément, je me retrouve dans la maison de campagne de mon enfance, pendant les grandes vacances d'été, lorsque nous étions tous réunis dans la cuisine, autour de la table recouverte d'une nappe à carreaux jaunes.

Puis je m'assois sur le canapé, avec ma tasse, et j'ouvre mon ordinateur pour commencer à préparer mon prochain départ. Première étape : trouver un point de chute où dormir chaque soir. Pour cela, je procède toujours de la même manière, je fais défiler les photos des hôtels de la région jusqu'à ce que l'un d'entre eux attire mon attention. Décision hasardeuse, mais le hasard, jusqu'à présent, a toujours bien fait les choses.

Il est un peu plus de minuit, l'appartement est plongé depuis longtemps dans le noir, seule la lumière de l'écran de l'ordinateur déchire l'obscurité.

J'ai trouvé un hôtel et repéré plusieurs endroits à visiter et d'autres activités à faire. Je suis plutôt contente du programme qui m'attend.

Après avoir envoyé à Sam mon carnet de route, plus pour la forme que pour une quelconque validation, je me décide à aller m'allonger dans mon lit, dans l'attente d'un sommeil qui je le sais déjà ne viendra pas.

Cette fois-ci peut-être que j'avalerai un médicament pour y remédier, et dormir quelques heures afin d'obliger mon corps à récupérer et être en forme pour les prochains jours.

– 2 –

Lorsque j'arrive à destination, après six heures de train et deux correspondances, je suis épuisée. Le sommeil chimique, même si c'est du lâcher-prise bienvenu, ça ne ressource pas de la même manière qu'une bonne grosse nuit naturelle.

Durant le trajet, j'ai tenté de lire, mais après avoir buté pour la vingtième fois sur la même phrase, je me suis contentée de regarder le paysage défiler, ce que j'évite en général de faire pour ne pas laisser libre cours à mon esprit.

La fin de journée est proche quand je pousse la porte de l'hôtel dans lequel j'ai réservé une dizaine de nuits. *Au Meilleur Ami de l'Homme* m'a tout d'abord plu en raison de son nom, que j'ai trouvé original. Les photos et la description, si elles ne m'ont pas totalement convaincue, ont malgré tout généré une curiosité suffisante pour que j'aie envie d'en faire mon point de chute.

Le hall d'entrée est assez classique mais plutôt accueillant, un sol en damier noir et blanc, quelques plantes vertes, et un comptoir en bois clair massif. Un homme se tient derrière, en grande conversation avec – ce qui pour le coup est moins classique – une jeune fille d'une douzaine d'années assise, elle, sur le comptoir en question.

— Bonsoir… commencé-je pour attirer leur attention.

— Bonsoir madame. Albane, pousse tes fesses de là, demande l'homme aussitôt.

La jeune fille, qui se prénomme Albane, donc, se tourne vers moi et en profite pour me détailler des pieds à la tête pendant une minute, avant de sauter souplement sur le sol et de m'adresser un sourire quelque peu barbelé.

— Je m'appelle Albane et voici mon père Frédéric. L'hôtel est à nous, enfin pas complètement à moi puisque je n'ai que treize ans…

— Douze ans, l'interrompt gentiment son papa.

— Treize ans dans un mois, c'est quand même plus proche de treize que de douze ! rétorque-t-elle sans se démonter. J'espère que vous aimez les chiens ? me demande-t-elle de façon plutôt abrupte. Nous en avons beaucoup. C'est moi qui m'en occupe et valide les éventuelles adoptions. Je préfère vérifier que vous n'avez pas l'intention de leur faire du mal. L'autre jour, une dame a écrasé la patte d'Oxford en posant sa valise dessus. Le pauvre risque de boiter pour le reste de sa vie.

Cette logorrhée, à la fois familière et douloureuse pour moi, me fait éprouver une sympathie quasi instantanée pour Albane.

— Je ne suis pas certain que cette attitude vis-à-vis de la clientèle ne nous conduise pas un jour à la ruine, soupire son père malgré tout amusé.

— Ne vous inquiétez pas, j'aime les jeunes filles qui ont du tempérament. Tu peux être rassurée, Albane : même si je n'ai pas de chien à cause de mes fréquents déplacements, je les aime beaucoup et n'ai aucunement l'intention de leur faire du mal. Leur présence est en fait l'une des raisons qui m'ont donné envie de séjourner ici. Je travaille pour un guide touristique, Voyag'Elles, et je serais d'ailleurs, à ce titre, ravie si vous acceptiez d'ici quelques jours de m'en dire un peu plus sur votre concept hôtelier.

— Vous êtes critique ? Comme Anton Ego dans *Ratatouille* ?

— Dans la mesure où moi, je ne parle que des endroits que j'ai aimés, je dirai que non, je ne suis pas vraiment comme Anton Ego.

Pour tenter de calmer le tremblement de mes mains déclenché par la mention inattendue du dessin animé, je sors de mon sac la confirmation de ma réservation que j'ai pris le soin d'imprimer hier soir.

— En tout cas, vous êtes drôlement plus jolie que lui ! Tu ne trouves pas, papa ?

— Albane, tu n'as pas des devoirs à faire ? Ou des chiens à nourrir ? lui demande son père cette fois-ci un peu gêné.

— Si tu veux que je m'en aille, tu n'as qu'à le dire, hein, j'ai treize ans, tu sais, je ne suis plus un bébé. À bientôt, madame. Et si vous croisez Oxford, faites attention avec votre valise, il souffre encore beaucoup.

Je regarde la jeune fille se diriger vers l'un des couloirs.

— Douze ans ! lui lance son père suffisamment fort pour qu'elle l'entende avant de disparaître, ce qui lui vaut un tirage de langue en bonne et due forme.

Puis, tout sourire, il prend ma réservation et me tend une carte magnétique.

— Elle veut toujours grandir plus vite que le temps qui passe, il faut que je m'y fasse. Vous êtes chambre 116, premier étage sur votre gauche à la sortie de l'ascenseur.

Il s'arrête quelques instants avant de poursuivre, hésitant :

— Tout va bien, madame ?

Ses yeux font des allers-retours entre mon visage que je sens au bord de la rupture et mes mains dont le tremblement s'est accentué.

— Oui, oui, tout va bien. Je suis juste un peu fatiguée par le trajet. J'ai passé une mauvaise nuit et… Demain, après quelques heures de sommeil, tout sera rentré dans l'ordre. Merci beaucoup.

Munie de la carte magnétique et de ma valise, je me dirige vers l'ascenseur.

Peut-être faudrait-il que j'arrête de servir aux autres ainsi qu'à moi-même cette excuse du manque de sommeil.

Dans le couloir du premier étage qui mène à ma chambre, je découvre ce qui a justifié ma curiosité pour le lieu. Plusieurs paniers sont disposés sur le sol, un pour chaque porte de chambre.

Certains sont vides, d'autres contiennent un pensionnaire canin, le plus souvent endormi, en boule ou sur le dos les pattes en l'air.

J'avance doucement, de peur, pour être honnête, qu'ils se mettent tous à aboyer et à se jeter sur moi. Pas d'agression à déplorer pourtant, juste quelques ouvertures d'yeux furtives pour la forme, avant que je m'arrête devant la porte de la chambre 116.

Comme pour toutes les autres portes, un panier se trouve à côté, dans lequel repose une petite boule de poils blanche qui, elle, se dresse sur ses pattes et commence à remuer la queue.

— Coucou toi ! Tu sais que tu es mignon ? dis-je en caressant le chien après m'être agenouillée.

— Mignonne. C'est une fille.

Je sursaute. Ne m'attendant pas à rencontrer quelqu'un, un instant j'ai eu peur que ce soit le chien qui m'ait répondu. Ça fait un choc, quand même !

Derrière moi se tient Albane, que je n'ai pas entendue arriver.

— Je ne voulais pas vous faire peur, pardon. Papa me dit toujours qu'un jour il va mourir d'une crise cardiaque si je continue comme ça à me déplacer en silence.

— Il a raison, ton père, heureusement que j'ai le cœur bien accroché. Tu disais donc que c'est une femelle ?

— Oui, elle s'appelle Neige et c'est un loulou de Poméranie.

Dès qu'elle a entendu son prénom, la chienne a poussé un petit jappement puis est sortie de son panier pour lécher la main d'Albane. Je repère le collier autour de son cou sur lequel une petite plaque en forme d'os est accrochée avec en effet le mot « NEIGE » gravé dessus.

Albane est maintenant assise en tailleur par terre, assaillie par les léchouilles de Neige qui a posé les deux pattes avant sur sa poitrine.

— Nous l'avons recueillie il y a quelques jours. Ses anciens maîtres n'en voulaient plus parce que, apparemment, elle grignotait tout ce qui se trouvait à portée de dents. C'est bizarre, ici elle n'a rien mâchouillé… C'est votre chien maintenant !

— Comment ça, c'est mon chien ? demandé-je en mode début de panique. Il n'est écrit nulle part que réserver une chambre signifie adopter un chien, je l'aurais vu sinon. Ou alors vous l'avez écrit en tout petit et ce n'est pas très honnête de piéger les gens de cette manière.

Albane me regarde interloquée avant d'éclater de rire.

— Vous avez dit tout ça sans reprendre votre respiration une seule fois ! C'était très drôle. Quand je dis que Neige est votre chien, je veux dire le temps du séjour. Ici, c'est comme ça que ça se passe, les chiens choisissent leur panier quand ils arrivent. Et chaque panier correspond à une chambre. Neige a choisi le panier de la chambre 116, avec un peu de chance vous l'adopterez en repartant d'ici ! me lance-t-elle avec beaucoup d'espoir. Un chien, c'est vraiment bien, vous savez, le meilleur ami de l'homme !

— J'aimerais beaucoup, tu sais, mais je suis souvent absente de chez moi, ce ne serait pas drôle pour elle.

— Mais, vous n'avez pas d'enfant ? Vous savez, les loulous de Poméranie adorent les enfants !

— Non, je vis toute seule.

Cette fois-ci c'est ma jambe droite qui se met à trembler sans que je puisse y faire quoi que ce soit.

— Qu'est-ce qu'elle a, votre jambe ? m'interroge aussitôt Albane.

— Ce n'est rien, ça me fait souvent ça après un long trajet en train. Mais ça va passer.

— J'espère pour vous, parce que ça ne sera pas facile de marcher sinon.

— Merci pour tes explications et pour la présentation de Neige. Je vais aller me reposer un peu. J'ai vu que vous proposiez un service de restauration sur votre site…

— Oui. C'est mon père qui cuisine. Il fait la meilleure omelette aux champignons que j'aie jamais mangée. Mais ne le complimentez pas trop sinon je vais en entendre parler pendant des mois, ponctue-t-elle en levant les yeux au ciel. À tout à l'heure, Neige !

Alors que la jeune fille s'éloigne, je déverrouille la porte de ma chambre. J'ai à peine le temps de la pousser et d'attraper ma valise que la petite chienne se faufile à l'intérieur et saute sur le lit. Aussitôt, elle s'allonge et pose son museau sur ses pattes, sans me lâcher du regard.

— Tu es maligne, toi ! Je te laisse là un instant, le temps de défaire mes bagages et de m'installer. Ensuite, hop ! tu retournes dans ton panier.

Ranger mes vêtements dans le placard et disposer mes affaires de toilette dans la salle de bains ne me prend qu'une dizaine de minutes.

— Allez hop ! les vacances sont finies ! lancé-je à la chienne en m'asseyant sur le rebord du lit. Tu as beau être très choupignonne, retour dans ton panier !

Parfaitement décidée à m'obéir et à quitter la chambre, Neige rampe jusqu'à moi, se colle à ma cuisse et glisse sa petite tête sous ma main pour quémander des caresses.

Je m'apprête à éclater de rire mais l'émotion qui me submerge est bien différente de celle à laquelle je m'attendais.

Prise par surprise, incapable de faire autrement, je laisse les larmes couler sur mes joues puis, finalement, m'allonge sur le lit, pour pleurer tout mon soûl.

– 3 –

Il est quasiment 20 heures lorsque je rejoins le restaurant de l'hôtel. Les compresses d'eau froide que j'ai appliquées sur mes yeux les ont bien fait dégonfler et mon visage a retrouvé une quasi-normalité. Cela faisait un moment que je n'avais pas pleuré ainsi, je suis complètement épuisée. J'ai d'ailleurs hésité à quitter ma chambre pour le repas, mais les larmes ont cet effet étrange de creuser mon appétit.

À ma grande surprise, la salle est presque pleine. Je ne sais pas pourquoi mais je m'étais imaginé qu'il n'y aurait personne.

Je repère une petite table libre et m'y assois. Contrairement à beaucoup de personnes, je n'ai aucun problème à dîner seule au restaurant. Ce sont même des moments que j'apprécie, en général. J'observe les gens qui sont autour de moi, je glane quelques morceaux de conversation, je note parfois des idées de lieux à visiter en fonction de ce que je peux entendre.

Mais ce soir, cette solitude me pèse, ce soir, j'aimerais oublier, ne serait-ce qu'un instant.

Albane papillonne de table en table, elle semble connaître tous ceux qui sont là. Je l'entends rire et sa joie de vivre me propulse loin d'ici, sur cette plage que j'aimais tant, à courir pour éviter d'avoir les pieds mouillés par les vagues.

— M'autoriseriez-vous à m'asseoir avec vous ?

Je mets quelques secondes à sortir de ma torpeur et à lever les yeux vers celui qui me pose cette question. Un homme âgé d'environ soixante-quinze ans, habillé d'un costume bleu de plutôt bonne facture, chemise blanche et cravate jaune à grosses fleurs rouges.

— Pardon, je vous ai fait peur, je crois.

— Non, non, j'étais juste…

— Loin ? complète-t-il avec un sourire chaleureux.

— Oui, on peut dire ça comme ça.

— Je m'appelle Gwenole.

— Et moi, Roxane. Allez-y, asseyez-vous.

En temps normal, j'aurais décliné la proposition. Le risque de devoir passer deux heures avec un lourdingue est bien trop grand. Mais l'homme m'inspire confiance, et rien que parce qu'il a éloigné de mon esprit les images qui ont surgi sans crier gare, je lui suis reconnaissante.

— Gwenole ? Voilà un prénom qui n'est pas courant !

— C'est d'origine bretonne. Toute ma famille vit dans un triangle entre Quiberon, Carnac et Lorient.

— Vous êtes plutôt loin de votre contrée d'origine, alors.

— Hélas ! oui. Mais l'amour a ceci de formidable qu'il peut vous faire oublier vos racines tout en vous rendant heureux, me répond-il, la voix soudain emplie de nostalgie. Et vous, quelles sont les raisons qui vous ont conduite *Au Meilleur Ami de l'Homme* ?

— La plus banale qui soit sans doute : le travail. Je travaille pour un guide touristique, Voyag'Elles. J'ai en charge la partie numérique. J'écris des chroniques pour le blog que l'on a adjoint au guide papier il y a quasiment deux ans. Peut-être en avez-vous entendu parler ?

— Ma chère, vous avez en face de vous un vieux monsieur qui peine déjà à se servir du smartphone qu'on lui a offert pour son anniversaire… Quelle idée saugrenue, quand on y pense ! Dépenser autant d'argent dans un appareil compliqué alors qu'une cravate m'aurait fait tellement plus plaisir…

— Vous les aimez colorées apparemment, dis-je en désignant du menton celle qu'il porte.

— À quoi sert de porter une cravate si elle doit être sombre avec de fines lignes à peine plus claires ? Non, une cravate, c'est comme un beau bijou pour une femme, cela doit se voir.

— C'est réussi dans ce cas, la vôtre ne passe pas inaperçue !

— C'est ma femme qui me l'a offerte. C'était pour notre dixième anniversaire de mariage.

— Vous êtes mariés depuis longtemps ?

Avant même que j'aie fini de poser cette question, je réalise qu'elle est sans doute maladroite. Après tout, l'homme est seul ici dans cet hôtel, cela ne présage rien de bon pour sa moitié.

— Cela fera soixante ans le mois prochain ! Le même jour que l'anniversaire de la petite Albane.

— Soixante ans ! Je suis admirative.

Je n'ai pas vraiment envie d'ajouter que, de mon côté, rares sont les relations qui ont dépassé les soixante jours, ce qui soudain me rend amère.

— Ma femme avait seize ans et moi dix-huit lorsque nous nous sommes mariés. Et je me souviens encore très distinctement de l'odeur du parfum qu'elle portait ce jour-là et de l'éclat de ses joues lorsqu'elle s'est avancée vers moi à l'église. Elle est la plus belle femme qu'il m'ait été donné de voir.

— Elle n'est pas avec vous ce soir ? demandé-je, hésitante.

— Elle est là sans être là, me répond-il tristement. Son corps est présent dans la chambre 254 de la résidence Les Tournesols, à quelques kilomètres d'ici. Mais son esprit, lui, s'en est hélas allé, il y a déjà quelques années.

— Je suis désolée…

— Moi aussi. C'est le fléau de la vieillesse. Malgré tout, l'espoir ne me quitte pas qu'à l'occasion d'une de mes visites elle me revienne. Même pour quelques minutes seulement. C'est pour ça que je vais la voir tous les deux jours. Je ne reste pas longtemps, une petite heure tout au plus, mais chaque fois que je l'aperçois et qu'elle lève les yeux vers moi, j'ai cette folle espérance qu'elle se jette à mon cou comme elle le faisait lorsque je rentrais du bureau et me murmure à l'oreille combien je lui ai manqué.

— Ça n'arrive jamais ?

— Non. Peut-être que nous avions épuisé notre quota de bonheur. Ce qui me peine le plus, c'est de ne plus me souvenir des mots que je lui ai dits avant qu'elle parte définitivement. J'ai bien peur qu'ils n'aient été affreusement ordinaires, alors que si j'avais su, j'y aurais mis tout l'amour que je ressentais pour elle. La vie est mal faite, on devrait savoir quand le moment arrive de prononcer les phrases qui comptent.

Je tente de remplir mon verre mais ma main tremble tellement que la moitié du liquide se répand sur la table.

— Ça ne va pas, Roxane ? J'ai dit quelque chose qu'il ne fallait pas ? Vous aviez sans doute envie de vous détendre après une dure journée et moi, je vous raconte mes histoires à faire pleurer Mike Tyson. Je vous présente toutes mes excuses.

— Vous n'y êtes pour rien, je vous assure. C'est juste que… C'est la fatigue, rien de grave. Une bonne nuit de sommeil et…

Ma voix se brise.

— Il n'y paraîtra plus ?

— Voilà. Et sinon, vous dînez ici après chacune de vos visites à votre femme ? demandé-je pour changer de sujet.

— Non, en réalité je vis ici. Nous habitions dans un appartement à quelques dizaines de kilomètres de la résidence mais je ne supportais plus d'y vivre seul. Il y avait trop de souvenirs. J'avais l'impression de l'entendre à chaque ouverture de placard : « Les serviettes blanches ne vont pas ici, Gwenole. Au bout de tant d'années, tu ne sais toujours pas où elles se rangent ? », « Tu as vu, j'ai commandé de nouvelles assiettes, elles sont belles, n'est-ce pas ? », « Et si tu nous mettais un petit peu de musique ? Je danserais bien avec toi, mon amour ». Alors, je suis venu vivre ici. Il y a du monde, j'aime les chiens, et la petite Albane me rappelle ma fille à son âge.

— Vous aussi, vous avez un chien attitré alors ?

— Bien sûr ! Il se prénomme Oxford. C'est un beagle. Une vieille bique lui a abîmé la patte l'autre jour en posant sa valise dessus sans faire attention. Et vous, quel est le chien qui a choisi votre porte ?

— Neige. Un loulou de Poméranie.

— Je vois très bien. Une petite chienne qui est arrivée il n'y a pas si longtemps et qui semble adorable.

— Gwenole, madame, qu'est-ce que je vous sers ? nous interrompt Frédéric.

— Vous pouvez m'appeler Roxane. Je vais rester quelques jours chez vous, ce sera plus détendu.

— Allons-y pour Roxane. Qu'est-ce qui vous ferait plaisir ?

— Votre fille m'a parlé de vos talents pour l'omelette aux champignons, alors je me laisserais bien tenter.

— Très bon choix, approuve Gwenole, je prendrai la même chose. Et mettez-nous deux verres du vin qui s'accorde le mieux avec.

— C'est noté ! Je vous apporte ça d'ici un petit quart d'heure.

— Si j'ai un goût plutôt sûr en matière de cravate, je suis en revanche un piètre connaisseur de vin, m'indique Gwenole, amusé, une fois que Frédéric est reparti en cuisine. J'espère que ma compagnie ne vous importune pas trop, car en ce qui me concerne, je passe un moment tout à fait agréable à votre table, chère Roxane.

— Plaisir partagé, réponds-je avec sincérité.

Je craignais de m'effondrer ; grâce à la venue providentielle de Gwenole, il n'en est rien.

Le répit, même s'il s'avère au final de courte durée, est le bienvenu. Je vais peut-être, une fois n'est pas coutume, passer une nuit décente et cumuler quatre ou cinq heures de sommeil d'affilée. Ce serait l'idéal parce que demain j'ai mis au programme de découverte de la région une leçon d'équitation.

C'est la première chose qu'on vous propose quand vous arrivez en Camargue, faire du cheval, que vous soyez débutant ou non. En ce qui me concerne, débutant me paraît encore d'un niveau au-dessus du mien, vu que je n'ai jamais posé mes fesses sur le moindre cheval, à pattes ou même d'arçon… Cela promet donc d'être intéressant.

Et ce le fut… Au retour de cette expédition, j'avais largement de quoi distraire les lecteurs de mon blog.

Qui dit Camargue dit... balade à cheval !

Lorsque j'ai annoncé que je partais en Camargue pour plusieurs jours, les réactions ont été, à mon grand désespoir, unanimes : « Tu vas faire du cheval alors ? »

Je dis « à mon grand désespoir », car à part peut-être quelques petites balades faites sur un poney lorsque je devais avoir quatre ans, je n'ai jamais pratiqué l'équitation. Et jusque-là, je m'en portais très bien. J'ai peur du vide lorsque je grimpe sur un escabeau deux marches, alors imaginez sur un cheval ! Mais comme il y a toujours un début à tout...

J'ai choisi un centre équestre au nom prédestiné : *Shérif fais-moi peur*. Le moins qu'on puisse dire, c'est qu'on a de l'imagination, en Camargue.

À mon arrivée, j'ai été accueillie par le maître des lieux, Juan Carlo, un mètre quatre-vingt-quinze, jean bleu, chemise rouge à carreaux, bandana, santiags et Stetson blanc vissé sur la tête.

Je le soupçonne de s'appeler Jean-Charles en réalité, mais dans le milieu du cheval, ça devait faire moins vendeur.

Plusieurs formules de balade sont possibles : en solo ou en groupe, pour une heure ou la journée. Seule constante : le cheval. Oui, j'avoue, j'ai demandé.

Même si l'option solo aurait eu l'avantage de préserver ma dignité, elle me paraissait un poil trop risquée pour mon inexpérience. Je suis donc partie sur une formule en groupe avec, en option, le rapatriement sanitaire, on n'est jamais trop prudent.

Au sein de ce centre, on choisit également sa monture. Je vous conseille donc de bien prendre le temps d'observer les bêtes avant de jeter votre dévolu sur l'une d'entre elles, la suite du récit vous permettra de comprendre pourquoi.

Juan Carlo a sans doute une passion pour la nourriture mexicaine épicée puisqu'il a prénommé chacun de ses chevaux en fonction de celle-ci. Nous avons donc un Chorizo, un Pepperoni, une Paprika, en passant par une Espelette et un Piquillo.

J'ai opté pour ma part pour une Salsa, une jument, donc forcément plus douce et docile, qui paraissait être tout à fait calme et sereine dans son box.

Pas d'inquiétude si vous ne savez pas seller votre monture, Juan Carlo s'en occupe pour vous avec beaucoup de gentillesse.

C'est d'ailleurs à ce moment-là que je lui ai avoué n'avoir jamais tenté l'escalade d'un cheval ni donc fait la moindre promenade sur son dos. Ce qui n'a pas eu l'air de l'effrayer. Le cheval, c'est comme le vélo, m'a-t-il dit, il suffit de se lancer. Devant mon air inquiet – le vélo et moi, on a mis du temps à être copains –, il m'a tout de même promis de faire particulièrement attention à moi, ce qui ne m'a pas vraiment rassurée.

En attendant, la première épreuve a donc consisté à monter sur la bête. Pour ceux qui, comme moi, n'ont jamais grimpé sur un animal de ce genre, je vous conseille de demander un petit marchepied pour vous aider. J'ai tenté pour ma part le lancer de jambe d'un côté avec de l'autre un pied dans l'étrier, j'ai failli décéder d'une rupture des ligaments avant même le départ.

Une fois assise sur la selle, fière comme Magellan, j'ai regardé comment les autres plaçaient leurs mains sur les rênes, et nous nous sommes mis en route.

Salsa a docilement suivi le mouvement et je me suis félicitée de mon choix. Je me suis peu à peu détendue, enhardie, je me suis même penchée pour flatter l'encolure de mon animal.

Les choses ont commencé à se gâter lorsque nous sommes sortis du centre équestre.

Visiblement, Salsa ne devait pas avoir mangé depuis des semaines puisqu'elle a décidé de s'arrêter tous les deux mètres pour déguster les végétaux poussant sur le bord du chemin, rattrapant son retard ensuite à coup de petites accélérations qui laissaient mes fesses endolories sur le cuir pas du tout souple de ma selle. Ne m'attendant pas au premier arrêt, j'ai même failli basculer par-dessus bord, tout occupée que j'étais à regarder le paysage autour de moi.

Leçon numéro 1 : ne jamais tenir les rênes trop court. Laisser du mou, toujours laisser du mou.

Puis, lorsque ses sabots ont commencé à fouler du sable, qu'il n'y a plus eu de plantes à grignoter, Salsa a décidé qu'il était grand temps d'éliminer tout ce qu'elle venait d'ingurgiter par un petit galop digestif. Elle s'est donc lancée dans une course folle, avec sur son dos un être humain agrippé échevelé et hurlant : moi.

Mon fessier définitivement transformé en castagnettes vivait comme une vie autonome, tandis que le reste de mon corps s'efforçait de maintenir un certain équilibre rendu précaire par l'absence d'étriers dont mes pieds avaient jailli dès la première foulée.

Au bout d'une éternité, cinq minutes m'a annoncé par la suite Juan Carlo dont je doute de l'impartialité, Salsa s'est arrêtée pour attendre le reste de la troupe, comme si de rien n'était.

Je me suis promis que la prochaine fois que je monterais sur un cheval, il serait en bois, à Disneyland Paris.

•

Le + : Les paysages sont magnifiques et les multiples rencontres entre vos fesses et la selle valent bien deux bonnes séances de lipomassage. Plus écologique et moins cher.

Le - : Les bleus à l'intérieur des cuisses (si, si, je vous promets). Impossibilité ensuite de s'asseoir sur un quelconque support non recouvert d'une mousse d'au moins 50 centimètres d'épaisseur.

Le prix : 70 euros/heure – 180 euros la demi-journée.

L'adresse : *Shérif fais-moi peur* – 7, avenue du Golfe-Fougère, 13200 Argensaq.

– 4 –

J'ai écrit mon billet à peine de retour dans ma chambre, sans un regard vers le lit qui me faisait de l'œil avec ses oreillers bien gonflés. Inutile d'être médium pour deviner que si je m'allongeais, jamais je ne pourrais me relever.

Ce n'est qu'une fois le texte rédigé et publié que je me suis autorisée à adopter une position horizontale.

On ne dira jamais assez combien un matelas est confortable. Par rapport à une selle de cheval, la comparaison est sans commune mesure.

Allongée sur le lit, je caresse la tête de Neige posée sur ma cuisse. J'ai bien tenté d'être ferme et de lui signifier qu'elle avait un panier à sa disposition à l'extérieur de la chambre, avec moult gestes et regards effrayants, mais la conclusion est sans appel : je n'ai aucune autorité. Ni sur les chevaux ni sur les chiens.

Alors que j'observe mes deux énormes bleus sur l'intérieur de mes cuisses – comment des bleus peuvent-ils se former aussi rapidement ? –, je me dis que ce n'était peut-être pas ma meilleure idée de commencer mon séjour en Camargue par une balade à cheval. Ma démarche à mon retour à l'hôtel, saluée par les éclats de rire d'Albane, n'a fait que renforcer mes doutes.

Un bip annonce l'arrivée d'un message sur mon téléphone ; il vient de Sam :

> Super ton billet du jour. J'avoue, j'ai bien rigolé en le lisant. Demande à l'hôtel qu'ils te donnent des poches de glace et place-les sur l'intérieur de tes cuisses, tu verras ça fait un bien fou en cas d'échauffement. Bien entendu, je refuserai de te dire à l'occasion de quel événement je l'ai découvert. Sinon, ça va toi ?

> Merci pour l'astuce de la glace, je vais aller leur en demander de ce pas. Je te fais grâce d'une description de ma démarche en canard.

> Bien entendu je ne vais pas te lâcher avec cette histoire d'échauffement !

J'hésite quelques instants avant de lui envoyer un dernier message.

> Je me suis effondrée hier, j'ai cru que je n'allais pas pouvoir m'arrêter de pleurer. Ça m'a fait du bien je crois.

Sa réponse ne se fait pas attendre.

Tu as le droit de craquer !
C'est tout à fait normal.
À ta place, je ne sais pas comment
je réussirais à me lever le matin.
Surtout appelle si tu as besoin.
Je suis là, tu le sais.

Oui, bien sûr que je le sais. Sam, et toutes mes amies avec elle, ne cessent de me le répéter. Que je peux les appeler jour et nuit si j'en ai besoin. Mais c'est difficile de parler de tout ça. Et me taire, c'est aussi ce qui me permet de tenir la souffrance à distance.

Mon téléphone se remet à vibrer, indiquant cette fois-ci un appel. Je jette un coup d'œil vers l'écran, il s'agit de ma mère. Comme je n'ai aucune envie de parler avec elle, je laisse sonner. Et j'efface le message qu'elle a laissé sans même l'écouter. Inutile, je sais pertinemment ce qu'il contient. Mais pas maintenant. Non, pas maintenant.

Tant bien que mal, je me remets en position verticale, non sans grimacer de douleur, et, Neige sur les talons, je me dirige vers la réception de l'hôtel.

— Je comprends mieux pourquoi tout à l'heure vous marchiez comme un cow-boy, me lance Albane assise en tailleur sur le comptoir. Je viens de lire votre histoire, me dit-elle en me montrant l'article sur son téléphone. Ça va mieux ?

— Pas vraiment. Tu sais si ton père aurait des poches de glace ?

— Pour vous asseoir dessus ?

— Non, pour mettre sur mes bleus.

— Ah ! Je vais aller lui demander, me répond-elle en sautant du comptoir et en caressant Neige au passage.

La petite chienne s'est docilement couchée à mes pieds. « Sur mes pieds » serait une formulation plus exacte.

Lorsque Albane revient dix minutes plus tard, elle tient dans chaque main un sachet de petits pois surgelés.

— Papa n'avait que ça. Il a dit que cela devrait suffire.

— Merci.

Je m'apprête à regagner ma chambre lorsque j'aperçois Gwenole assis seul sur un banc dans le jardin de l'hôtel. De loin, j'arrive à distinguer sa cravate du jour ; elle est verte à pois blancs. Je décide de troquer la solitude de ma chambre contre un échange avec le vieux monsieur, que je trouve charmant.

— Bonsoir Gwenole, je peux m'asseoir ?

Cette fois-ci, c'est à mon tour de le sortir brusquement de sa torpeur et de le faire sursauter.

— Excusez-moi, je vous ai fait peur !

— Mais non, ne vous excusez pas, je ne suis pas contre un peu de compagnie.

— Mauvaise journée ?

— Oui et non. Je suis allé rendre visite à mon épouse aujourd'hui, ce qui en soi me rend toujours heureux. Mais elle n'était pas dans un très bon jour. Lorsque je suis arrivé, Mia, son aide-soignante préférée, m'a indiqué qu'elle avait fait une crise assez forte cette nuit et qu'elle ne voudrait sans doute pas me parler.

— Je croyais qu'elle ne vous reconnaissait pas… Pourtant, elle vous parle habituellement ?

— Oui. Elle me prend pour un vieil ami. Jamais le même. Un coup je suis Georges notre voisin, un autre je suis Elias notre médecin.

— Ah…

— Mia avait raison. Elle a refusé de me parler. Tout le temps de ma visite, elle est restée allongée sur son lit, sans dire un mot.

— Je suis vraiment désolée, dis-je en prenant dans la mienne la main du vieux monsieur.

Ce geste m'étonne moi-même, moi qui cherche à oublier ce que l'on ressent au contact de la peau chaude d'un autre.

— Il ne faut pas. C'est la vie.

— Ma question va sans doute vous paraître déplacée mais… vous n'avez jamais envisagé de cesser d'aller rendre visite à votre femme ?

— Si vous saviez… Des centaines de fois ! Mais jamais plus de vingt secondes. Parce que, au-delà, l'idée de ne plus la voir devient insupportable. Je l'aime, vous savez. Et je me dis que si ça se trouve elle sait que je suis là, même si elle ne me reconnaît pas. Alors, je continue à y aller. Même si c'est dur. Mais racontez-moi plutôt pour quelles raisons vous vous promenez avec des petits pois surgelés !

Je réalise que je me suis assise en conservant dans la main gauche mes deux sachets dont la surface commence à goutter sur le sol. Et parce qu'une démonstration vaut parfois mieux que mille mots, je dispose les sachets sur mes cuisses endolories et, malgré moi, soupire d'aise.

— Sam avait raison ! Ça fait un bien fou !

Gwenole me regarde attentivement avant d'éclater d'un rire franc et profond.

— Laissez-moi deviner… première balade à cheval, c'est ça ?

— Vous m'impressionnez ! Comment avez-vous su ? Toutes les premières balades se soldent par des bleus sur l'intérieur des cuisses, c'est ça ?

— Si on n'est pas doué, sans doute. Non, je plaisante. C'était juste une affaire de déduction. Après tout, vous êtes en Camargue ici. Et quelle est la première chose que l'on vous propose de faire quand vous arrivez en Camargue ?

— Du cheval…

— Élémentaire, mon cher Watson ! conclut-il.

— Ce n'est pas beau de se moquer.

— À mon âge, il est recommandé de rire au moins deux fois par jour. Cela tient la mort à distance, paraît-il. Alors, merci Roxane de m'avoir offert ce premier rire du jour.

— Vous avez l'air de bien vous entendre, remarque Albane qui nous a rejoints, un grand verre de soda à la main.

— Roxane est de très bonne compagnie pour un vieux grincheux comme moi.

— Vous n'êtes pas du tout un vieux grincheux ! s'offusque presque l'adolescente. Je ne connais pas de personne âgée plus fun que vous ! Regardez vos cravates, elles ne disent pas du tout que vous êtes un grincheux.

— Tu es adorable, ma petite Albane. Et toi, comment s'est passée ta journée ? Mieux que les nôtres, on espère. Parce que, du côté de ce banc, on est plutôt sur du mitigé.

— Oh ! bof, comme d'habitude. J'ai rien compris au cours de maths, mais ça, c'est normal, je comprends jamais rien. À la cantine, il y avait des brocolis et du lapin. Nan mais sérieux, du lapin ? Ils osent nous faire manger un animal tout mignon avec de grandes oreilles soyeuses ! Avec Alice, ma meilleure amie, on a organisé une rébellion et montré à tous ceux qui étaient derrière nous une photo de l'animal vivant. Franchement, ils n'ont qu'à nous servir des pâtes et des frites, ça nous ira très bien. Ah ! Et au club de théâtre, monsieur Mekira a annoncé la pièce qu'on allait jouer. Les auditions auront lieu la semaine prochaine.

— Les auditions ? Comme pour les vrais comédiens ? s'étonne Gwenole.

— Et pourquoi pas ? réplique Albane, vexée. Ce n'est pas parce qu'on a treize ans qu'on n'est pas de vrais acteurs ! Donc pourquoi est-ce qu'on n'aurait pas droit à de vraies auditions ? Comme ça, ce sont les meilleurs qui montent sur scène. Et moi, je compte bien faire partie des meilleurs. Et en faire mon métier plus tard.

— Quelle est ton actrice préférée ? demandé-je pour calmer notre révoltée.

— Meryl Streep !

Je ne peux réprimer un cri.

— Ne me dites pas que vous ne l'aimez pas ! se méprend Albane. Elle est trop géniale. J'ai regardé *Le diable s'habille en Prada* au moins cent fois !

Joignant le geste à la parole, elle s'écarte de quelques pas et pince sa bouche comme Miranda Priestly avant de réciter mot à mot :

— *« Je vois, vous vous prenez trop au sérieux pour vous soucier de ce que vous portez et vous mettez, disons, cette espèce de pull difforme, mais ce que vous ne savez pas, c'est que ce pull n'est pas juste bleu, il n'est ni turquoise, c'est un pull que l'on appelle céruléen. Je suppose que vous ignorez parfaitement qu'en 2002 Oscar de la Renta a repris les vestes militaires céruléennes... puis il s'est retrouvé dans un bac de liquidation d'une ridicule boutique de prêt-à-porter. Quoi qu'il en soit, ce pull représente des millions de dollars ainsi qu'un nombre énorme d'emplois et j'avoue que je trouve comique que vous pensiez que ce pull vous exempte du fabuleux monde de la mode alors qu'en fait il a été créé spécialement pour vous par les gens présents dans cette salle. Parmi une pile de trucs divers ! »*

Gwenole et moi en restons sans voix. Il est le premier à applaudir.

— Je n'ai pas vu ce film mais la personne qui dit ça ne semble pas très aimable. Ta prestation était excellente.

— Tu as beaucoup de talent, Albane, ajouté-je d'une voix que j'espère dénuée de trop d'émotion. Oui, beaucoup de talent.

— Merci, merci, salue-t-elle, visiblement ravie par nos compliments. Quand j'aurai choisi le rôle pour lequel je veux auditionner, est-ce que vous pourrez m'aider et me faire répéter ? Dites oui !

— En ce qui me concerne, indique mon voisin de banc, ce sera avec plaisir.

— Je t'aiderai moi aussi si tu veux.

— Vous êtes trop cool ! Je vais aller le dire à papa !

Telle une tornade qui peut disparaître presque aussitôt qu'elle apparaît, Albane se dirige en courant vers l'intérieur de l'hôtel en hurlant des « papaaaaaaa » à fendiller les baies vitrées.

— Vos bleus vous font souffrir ? me demande Gwenole, plein de sollicitude au bout d'au moins deux minutes de silence.

— Non, pas vraiment, pourquoi ?

— Votre cri… J'ai cru que c'était votre balade à cheval qui se rappelait à vous.

Les bleus. La balade…

Comment lui expliquer que je suis à mille lieues de ça ?

Meryl…

Ce prénom que je maintiens à distance, que je n'ai plus ni prononcé ni entendu depuis bientôt un an. Ce prénom que j'aimais tant et qui lui allait si bien…

— Vous dînez avec moi ce soir ?

— C'est gentil mais je crois que je vais plutôt rester dans ma chambre. Je risque de ne pas être capable de vous apporter votre second éclat de rire du jour pour éloigner la mort.

J'ajoute un petit sourire, il n'insiste pas. Il me semble qu'il comprend.

– 5 –

Les aventures de Roxane en Voyag'Elles

Cotton Eye Joe... ou presque

Pour ceux qui se demanderaient comment vont mes fesses depuis leur rencontre avec la selle de Salsa, elles vont plutôt bien. En revanche, l'intérieur de mes cuisses est désormais d'une charmante couleur jaune violacée du plus bel effet. Je ne m'en plains pas car la démarche que cela me procure était tout à fait adaptée au thème de ma soirée d'hier : la *country music*.

Si vous êtes comme moi, votre culture country se limite probablement à fredonner cette chanson entraînante qu'est *Cotton Eye Joe* ou cet air de musique que l'on entend au bal dans *Retour vers le futur 3*, ce qui correspond à peu près au degré zéro de la culture country, je vous le concède.

Il s'avère pourtant que les aficionados du genre sont nombreux et se retrouvent pour partager des danses, en jean et chapeau de cow-boy, dans des gymnases. Si, si, je vous le promets.

Comment est-ce que je me suis retrouvée embarquée dans cette aventure, me demanderez-vous ? Eh bien, entre deux galopades de Salsa avant-hier, j'ai échangé quelques mots avec Henriette – qui, elle, avait choisi un cheval gigantesque et noir ébène répondant au doux nom d'Enchiladas. Henriette m'a expliqué, entre autres, qu'elle était dingue de country et membre des Santiags Apprivoisées de son état.

Devant mon inculture flagrante, et mon envie de rire manifeste, elle m'en a fait toute une présentation animée et je dois dire plutôt convaincante.

Les Santiags Apprivoisées est une association de danse country regroupant des hommes et des femmes de tous âges, fans de cuir, de jean et de banjo, mais surtout de musique en provenance directe du Texas.

Grâce à cette association, on peut apprendre à danser bien entendu mais, et j'allais dire « surtout », on peut donner libre cours à sa passion tous les jeudis, vendredis et samedis soir en dansant avec d'autres fans de jeans et de chapeaux de cow-boy.

C'est ainsi que dans un immense gymnase décoré pour l'occasion, les Santiags Apprivoisées accueillent avec beaucoup de plaisir les Chemises Sauvages, les Talons Déchaînés ou encore les Eastwood Bottés.

— Vous devriez venir un soir ! m'a proposé Henriette. L'ambiance est vraiment sympa.

Qu'à cela ne tienne, vous me connaissez, je suis toujours prête lorsqu'il s'agit de donner de ma personne, mes bleus en témoignent, et de vous faire découvrir des lieux ou des activités un peu en dehors des sentiers battus. J'ai donc noté toutes les coordonnées et inscrit à mon agenda sur la colonne du jeudi : « SOIRÉE COUNTRY ».

Lorsque je suis arrivée, pourtant presque à l'ouverture, il y avait déjà beaucoup de monde.

On est bien loin des boîtes de nuit qui ouvrent vers 23 heures et qui ne font le plein que vers 2 heures du matin parce que non vraiment, c'est vraiment trop craignos de venir trop tôt quand il n'y a personne. Une autre culture en somme.

Rien que le lieu vaut le détour : un gymnase entièrement redécoré et fleurant bon les States – guirlandes de drapeaux, cocardes à étoiles, chapeaux de cow-boy suspendus, quelques ballots de paille disposés çà et là, sans oublier un énorme espace saloon avec comptoir en zinc et portes western.

Au milieu de la salle, un immense plancher de bois sur lequel plusieurs centaines de personnes sagement alignées attendent les premières notes de musique.

Parce que oui, la country, ça se danse en ligne. J'y vois au moins un avantage : celui de ne pas faire tapisserie quand on n'a pas de cavalier. Avantage aussitôt contrebalancé par la difficulté d'en trouver un, de cavalier, faute de rapprochement corporel prévu.

Effectivement on trouve parmi les danseurs tous les âges et surtout toutes les corpulences. Mais un seul look : celui du far west.

La soirée débute par une initiation permettant aux novices mais néanmoins intéressés d'acquérir les pas de base.

Hors musique, cela semble assez simple, on tape du talon – d'où le plancher de bois et les santiags –, on tape de la pointe du pied, on lance sa jambe en avant, on fait des quarts de tour, on croise les jambes, le tout mains posées sur les hanches, ce qui est très pratique quand on ne sait jamais quoi faire de ses bras en dansant.

Le problème survient lorsque la musique retentit, parce que la musique country, ça n'a pas l'air comme ça, mais c'est en fait assez rythmé. Il devient alors beaucoup moins simple de taper, lancer, croiser, faire des quarts de tour sans s'emmêler les guiboles et se retrouver les quatre fers[1] en l'air sur le parquet en bois. Ajoutons à cela qu'il faut réussir à être synchro avec les autres, pour éviter l'humiliation d'être de face à taper la pointe de son pied alors que l'intégralité des trois cents danseurs est de profil à taper du talon.

L'initiation dure environ une heure, ce qui est, croyez-moi sur parole, suffisant pour déjà transpirer un petit peu. Pour rappel, on porte des jeans, des chemises en tweed épais et des chapeaux, tenue assez peu indiquée pour laisser respirer le corps.

La deuxième partie de la soirée, qui s'étend sur plus de trois heures, est à destination des danseurs aguerris. C'est à ce moment-là qu'entrent en scène les Santiags Apprivoisées et autres Eastwood Bottés, chacun arborant fièrement les insignes de son club. Les différentes musiques se suivent alors, et c'est fascinant. Des centaines de personnes, dans un ordre impeccable, enchaînent les mouvements, les lancers et les quarts de tour, en rythme et synchronisés.

Je m'apprêtais à partir lorsque Henriette, portant une robe en jean et un chapeau blanc à plumet rose, m'a aperçue et fait signe de la rejoindre avec un grand sourire. Sauf qu'Henriette dansait en première ligne. Et que tout le monde regarde cette ligne !

J'ai bien tenté de décliner d'un signe de tête mais c'était compter sans la détermination de la dame au chapeau qui devant mon envie manifeste de m'enfuir est venue me chercher.

Je vous épargnerai les détails des quelques minutes qui ont suivi. Trois cent personnes en ont été témoins, et c'est déjà beaucoup trop.

1. À cheval ?

•

Le + : Ambiance garantie ! Pour tous ceux qui aiment danser mais n'ont pas de cavalier. Accessible pour les débutants.

Le - : La programmation musicale n'est pas très variée. Normal, me direz-vous, pour une soirée country, mais à certains moments cela manque d'un bon *Billie Jean*…

Le prix : Ticket d'entrée à 15 euros, et il donne droit à une consommation au saloon.

L'adresse : Gymnase Céline-Dion – 3, impasse Mustang, 13420 Gibelieu-sur-Argens.

– 6 –

— Vous êtes prêts ? demande Albane.

Nous sommes dans le jardin de l'hôtel, Gwenole et moi ; la jeune fille nous fait face et s'apprête à nous réciter l'extrait de la pièce de théâtre qu'elle a appris en vue de son audition. Apparemment, c'est l'intemporel *Roméo et Juliette* qui a été choisi par son professeur et Albane ambitionne de décrocher le rôle de Juliette.

Gwenole, très concentré, prend visiblement son rôle de répétiteur à cœur. Il arbore pour l'occasion une superbe cravate orange parsemée de livres ouverts.

— Nous sommes prêts ! confirme-t-il. N'hésite pas à y mettre le ton, et à prononcer les mots distinctement. Ar-ti-cu-le !

Albane s'éloigne de quelques pas, elle ferme les yeux et prend une grande inspiration. Il émane d'elle une détermination peu commune pour son âge, qui n'est bien sûr pas sans me rappeler celle de Meryl.

— *« Ô Roméo ! Roméo ! Pourquoi es-tu Roméo ? Renie ton père et abdique ton nom ; ou, si tu ne le veux pas, jure de m'aimer, et je ne serai plus une Capulet. »*

En mode tragédienne, elle plisse exagérément les sourcils et fait plusieurs pas d'un côté puis de l'autre. L'ensemble est plus amusant que dramatique et je dois donner à mon voisin un discret coup de coude pour qu'il conserve lui aussi son sérieux.

Albane reprend :

— *« Ton nom seul est mon ennemi. Tu n'es pas un Montaigu, tu es toi-même. Qu'est-ce qu'un Montaigu ? Ce n'est ni une main, ni un pied, ni un bras, ni un visage, ni rien qui fasse partie d'un homme... Oh ! Sois quelque autre nom ! Qu'y a-t-il dans un nom ? Ce que nous appelons une rose embaumerait autant sous un autre nom. Ainsi, quand Roméo ne s'appellerait plus Roméo, il conserverait encore les chères perfections qu'il possède... Roméo, renonce à ton nom ; et, à la place de ce nom qui ne fait pas partie de toi, prends-moi tout entière. »*

Cette dernière phrase, prononcée les bras écartés et le visage offert au ciel, clôt apparemment la prestation.

— Alors, alors ? demande-t-elle après avoir salué son auditoire. Vous en pensez quoi ?

— C'était très habité… commence Gwenole.

— C'est ce qu'il faut, non ? Juliette est une femme passionnée !

— Oui. Mais là elle donnait plutôt l'impression d'avoir envie de décapiter des gens… ajouté-je.

— Ah… Peut-être un peu trop *Game of Thrones* alors.

— S'agit-il d'un de ces groupes à la mode qui hurlent toute leur colère ? l'interroge Gwenole.

— Pas du tout ! C'est une série où il y a des dragons et des tas de gens qui meurent transpercés par des épées ou écartelés. C'est trop génial ! Il faut que vous regardiez.

— Je crois que je vais m'en tenir à Hercule Poirot.

Albane, qui n'a probablement encore jamais lu de roman d'Agatha Christie, me jette un regard circonspect.

— Pour en revenir à ce que je disais, dans ce vers c'est plutôt le désespoir de Juliette que sa passion que l'on doit ressentir. Elle a compris qui était celui rencontré au bal et dont elle est tombée amoureuse. Elle sait déjà que les choses seront impossibles entre eux. C'est cette émotion qui doit transparaître dans cette tirade.

— D'accord, message reçu. Moins guerrière, plus chouineuse !

Avant que j'aie le temps de répliquer quoi que ce soit, Albane s'est remise à sa place, ferme à nouveau les yeux et recommence :

— *« Ô Roméo ! Roméo ! Pourquoi es-tu Roméo ?... »*

Et ainsi de suite, avec acharnement, pendant près de deux heures. Jusqu'à obtenir une version bien meilleure qui la satisfasse entièrement, elle, mais me donne à force, à moi, l'envie de défenestrer Juliette. Ou de lui envoyer les dragons de *Game of Thrones*.

Gwenole, quant à lui, s'est assoupi depuis un petit moment. Lâcheur !

Il est réveillé en sursaut par les aboiements d'Oxford qui nous a rejoints et lui saute sur les genoux.

— Bravo ma petite Albane, la dernière était vraiment parfaite ! dit-il comme s'il ne venait pas de passer les vingt dernières minutes totalement endormi.

Albane éclate de rire.

— Vous devriez vous aussi passer l'audition, réplique-t-elle. Vous jouez à la perfection celui qui a tout suivi. Merci en tout cas, Roxane, de m'avoir aidée. Je vais tout déchirer vendredi !

— De rien. Tu feras une Juliette parfaite.

Tout sourire, l'adolescente prend Oxford dans ses bras et quitte le jardin, non sans continuer à déclamer quelques phrases du monologue.

— C'est beau la jeunesse, ponctue Gwenole. On devrait pouvoir choisir d'avoir douze ans à tout jamais, vous ne trouvez pas ?

Il me semble que je suis déjà loin quand enfin je lui réponds :

— Arrêter le temps ne sert pas à grand-chose. Hormis figer une image et vous rendre malheureux pour le reste de votre vie. Il faudrait surtout pouvoir le remonter.

— Peut-être un jour aurez-vous envie de m'expliquer ce qu'il vous est arrivé, répond Gwenole plein de cette sollicitude sincère qui pourtant finit par me déranger tant elle me renvoie à ce que je cherche à oublier. Ce jour-là, ajoute-t-il, vous pourrez compter sur une épaule pour pleurer.

Je lui souris.

Il m'arrive de pleurer. En revanche, je suis encore incapable d'en parler, à qui que ce soit. Même si le calendrier et les nombreux messages laissés par ma mère sur mon téléphone ne font que violemment me rappeler qu'il va pourtant bien le falloir.

* * *

Lorsque, deux heures plus tard, je suis de retour devant la porte de ma chambre, après un dîner passé une nouvelle fois en compagnie de Gwenole, je retrouve Neige qui dort sagement dans son panier. Les quatre pattes en l'air. Enfin devrais-je dire qui « dormait » sagement dans son panier car à peine ai-je approché la poignée que l'animal se redresse, sa petite queue frétillant de plaisir.

— Tu ne dormais pas vraiment, en fait ?

Question qui me vaut un aboiement en bonne et due forme pour réponse.

Je me baisse pour caresser la petite chienne qui en profite pour me lécher la main.

— Tu sais comment faire pour m'amadouer, toi. Hein ? D'accord, je te laisse entrer et dormir avec moi cette nuit. Mais c'est la dernière fois, que ce soit bien clair !

Second aboiement enthousiaste. Je crois que cette chienne me mène par le bout du nez.

J'ouvre la porte et Neige se précipite à l'intérieur, saute sur le lit d'un bond et quasiment dans le même mouvement se roule en boule à côté de mon oreiller.

Après m'être déshabillée et lavé les dents, je me glisse sous le drap et machinalement passe ma main sur le pelage chaud et doux de l'animal qui entre-temps s'est lové contre ma hanche. Je lui murmure à l'oreille :

— Elle voulait un chien, elle m'en parlait souvent. Mais avec mes absences, c'était compliqué, alors… Elle t'aurait adorée, tu sais. Oui, elle t'aurait adorée.

– 7 –

Le lendemain, lorsque je descends du train après un trajet de cinq heures dont je n'ai pas retenu grand-chose, je suis surprise de trouver Sam qui m'attend sur le quai de la gare.

N'ayant pas voulu une nouvelle fois décaler notre réunion stratégique bimestrielle en raison de l'un de mes déplacements, nous étions convenues juste avant mon départ que je ferais un aller-retour sur Paris aujourd'hui.

— Je me suis trompée d'heure ? Ce n'est pas à 14 heures la réunion ?

— Non, tu ne t'es pas trompée, nous avions bien calé 14 heures, mais je me suis dit que nous pourrions profiter de ta venue express pour aller déjeuner. Il me semble que cela fait une éternité que nous ne nous sommes pas posées toutes les deux. Qu'en dis-tu ?

— Euh… Oui, c'est vrai. Mais je n'ai pas très faim.

— T'inquiète, j'ai de l'appétit pour deux.

Sam passe son bras sous le mien et m'entraîne vers la sortie.

— Alors, comment c'est, la Camargue ? Et cet hôtel avec des chiens ? Tu n'en as pas encore parlé sur le blog…

— Pas encore, non. Le directeur est partant pour que je l'interviewe. Je pensais clore mon séjour avec ce billet.

— Bonne idée. Il est mignon ?

— Qui ça ?

— Eh bien le directeur, de qui veux-tu que je parle ?

— Ah, oui, il est pas mal, je crois. Je ne l'ai pas vraiment regardé à vrai dire. Il a une fille qui s'appelle Albane. Elle a douze ans. Enfin, treize le mois prochain.

— Une fille ?

— Oui. Elle est adorable. Elle veut devenir actrice. Hier avec Gwenole nous l'avons aidée pour son audition. Elle veut jouer Juliette dans *Roméo et Juliette*.

— Et… Ce n'est pas trop dur ? Je veux dire…

— Je sais ce que tu veux dire. Elle a du talent, je crois, en tout cas elle est déterminée.

— Et Gwenole, c'est le nom du directeur ? enchaîne-t-elle sans insister, ce dont je lui sais gré.

— Non, c'est le nom d'un charmant vieux monsieur qui vit dans l'hôtel. Il porte des cravates colorées incroyables. Sa femme est en maison de retraite à cause de la maladie d'Alzheimer, il lui rend visite tous les deux jours. Elle ne le reconnaît jamais.

— C'est triste.

— Oui. La vie ne fait pas de cadeau.

Attablées dans notre restaurant italien préféré, avec chacune des lasagnes dans l'assiette, nous mangeons en silence, perdues dans nos pensées.

— En tout cas, tu as l'air moins fatiguée, dit soudain Sam. Le bon air de la campagne sans doute.

— C'est vrai que je dors un peu mieux. Ça doit être grâce à Neige. Elle refuse de dormir dans son panier à la porte et a élu domicile contre ma jambe. Quand ce n'est pas sur mes jambes !

— C'est l'un des chiens de l'hôtel ?

— Oui, un loulou de Poméranie. Chaque chambre a son chien attitré. Moi, je suis tombée sur Neige. Albane voudrait que je l'adopte.

— Tu l'envisages ?

— Non. Tu sais bien qu'avec le boulot je ne peux pas.

— Ça pourrait adoucir…

— Ça n'adoucira rien du tout, répliqué-je malgré moi d'un ton sec. Je ne suis jamais là, ce ne serait pas une vie pour une petite chienne.

— Très bien, très bien, inutile de t'énerver.

Pendant près d'une heure, nous parlons de tout et de rien. Sam me raconte son dernier coup de cœur pour un type rencontré sur Tinder et qui s'est avéré, une nouvelle fois, être un homme marié, qui plus est père de deux enfants. J'ignore comment, mais mon amie a le don pour craquer sur ce genre de personnage.

C'est au moment où le serveur dépose nos cafés devant nous qu'elle me révèle la vraie raison de ce déjeuner.

— Tu as eu ta mère au téléphone ?

— Ma mère ? Pourquoi est-ce que tu me parles d'elle tout à coup ? Ah mais oui, j'y suis ! C'est donc pour ça que tu as voulu qu'on déjeune toutes les deux !

— Mais non, pas du tout !

— Alors pourquoi est-ce que tu me demandes si je l'ai eue au téléphone ?

— Pour rien… Je l'ai croisée, c'est tout, et… enfin, on a discuté. Elle s'inquiète, tu sais. Et moi aussi, je m'inquiète.

— Il ne faut pas.

— Alors pourquoi est-ce que tu refuses de lui répondre ?

— Parce que je sais très bien ce qu'elle veut me dire et que je refuse d'en parler.

— Elle… Elle m'a dit qu'une date avait été fixée.

Je me lève brusquement, renversant par la même occasion une partie du contenu de ma tasse sur la nappe blanche.

— Je te vois tout à l'heure au bureau.

— Roxane ! Attends !

Je ne me retourne pas et quitte le restaurant sans un mot.

Que croit-elle ? Que je ne suis pas au courant ?

Cette date est gravée dans ma mémoire depuis que j'ai reçu le courrier.

Mais je n'irai pas.

– 8 –

Il est assez tard lorsque je suis de retour dans ma chambre d'hôtel. Je n'ai croisé personne dans le hall, tout le monde dort sûrement déjà à poings fermés.

Il n'était pas prévu que je reparte aussitôt après la réunion, j'avais même envisagé de passer quelques jours sur Paris, à vrai dire. Mais, une fois l'ordre du jour épuisé, je n'ai eu ni l'envie ni la force de rentrer chez moi. Alors j'ai fait changer mon billet et suis montée in extremis dans un train retour vers ailleurs.

Même si je suis toujours en colère contre Sam, je m'en veux d'avoir réagi comme je l'ai fait. Au fond, je sais qu'elle s'inquiète et qu'elle ne cherche qu'à m'aider.

Sauf qu'elle n'est pas à ma place ; elle a beau dire qu'elle comprend ce que je peux ressentir, il n'en est rien. Personne ne peut.

Sur le trajet, ma mère a une nouvelle fois tenté de me joindre. Le doigt au-dessus du téléphone, j'ai failli accepter l'appel avant d'y renoncer. À quoi bon ?

À la place, je me suis laissée aller à regarder quelques photos que j'ai conservées sur l'appareil. Des semaines que je ne l'avais pas fait et pour cause. Chaque image est comme un uppercut qui me laisse le souffle coupé.

Malgré l'heure tardive, une fois couchée, je décide d'envoyer un SMS d'excuse à Sam, qui me répond aussitôt qu'il n'y a pas besoin, qu'il n'y a rien à excuser et qu'elle m'embrasse.

J'ai le sentiment d'être une amie lamentable en comparaison.

Bien que je sois fatiguée, je sais que le sommeil ne viendra pas cette nuit. Alors j'allume le téléviseur à la recherche d'un abrutissement quelconque, une émission de télé-achat dans laquelle on vante les mérites d'électrodes qui vous font maigrir en stimulant vos muscles, une rediffusion d'un épisode des *Experts : Manhattan* que j'ai déjà vu au moins quatre fois, peu m'importe, à vrai dire.

Il paraît qu'avec le temps la douleur s'atténue. Foutaises ! Il n'y a qu'une personne qui n'a jamais vécu le pire pour sortir une énormité pareille. La douleur ne s'atténue pas, elle est comme une bête enfouie qui ressurgit à la moindre occasion, prête à vous faire exploser le cœur.

Il est quasiment 4 heures du matin lorsque, résignée, je me lève pour avaler un médicament qui à défaut de m'apporter l'oubli m'offrira un répit, même s'il ne dure que quelques heures.

Et juste avant de sombrer dans un sommeil sans rêve, je décide de faire dès demain un nouveau reportage pour le blog. Ça m'évitera de penser. Ce blog est aujourd'hui ma seule échappatoire. J'ai au moins cette chance d'exercer un métier que j'adore et dans lequel je me suis toujours investie. Le travail est un tamis de protection efficace, il ne laisse passer la douleur que lors de brefs moments, quand un détail ou une phrase me la rappelle. Sans lui, je serais une écorchée vive.

Quand je rédige mes textes, mon cerveau fait abstraction du reste, je retrouve mon humour à défaut de ma gaieté. Je donne le change et ça coupe court aux « Comment vas-tu ? », « Tu tiens le coup ? », et autres questions du même type qui, si elles se veulent bienveillantes, ne font que me replonger dans l'abîme.

Hélas ! à chaque médaille son revers. Ce métier est aujourd'hui un bouclier contre un mal qu'il a lui-même contribué à provoquer hier. Je n'étais pas assez présente. J'aurais dû, je n'aurais pas dû, si j'avais su…

Et voilà, c'est reparti pour les mea-culpa.

Somnifère ou non, ce sera une nouvelle nuit blanche.

– 9 –

Les aventures de Roxane en Voyag'Elles

Parfait quand on a deux mains gauches

Je ne suis pas une adepte du shopping. Je n'ai jamais vu un très grand intérêt à arpenter les rues pendant des heures, entrant et sortant des magasins les bras croulant de plus en plus sous les paquets.

Pourtant c'est d'une boutique dont je vais vous parler aujourd'hui. Oui, je sais ce que vous vous dites : « Elle a dû recevoir un coup sur la tête, on l'a définitivement perdue. » J'avoue qu'écrire ce billet m'étonne moi-même.

Pour être tout à fait honnête, ce n'était pas une boutique que je cherchais au départ mais un parc. Mais vous connaissez à présent mon sens de l'orientation légendaire, un comble pour quelqu'un qui a créé un guide touristique : je me suis perdue (encore) et au détour d'une rue j'ai atterri directement devant la devanture d'un magasin : *Les Curiosités d'Éliane*.

En vitrine, il y avait un grand pot blanc avec planté au milieu un petit arbre sans feuille. Sur chaque branche, joliment accrochée, une ampoule transparente remplie d'eau aux trois quarts contenant une rose orangée. Il devait y avoir ainsi une dizaine d'ampoules suspendues sur ces branches dénudées.

Comme de toute façon je m'étais égarée et que le programme prévu pour la journée était largement foutu, je me suis décidée à pousser la porte de cette petite boutique, aussitôt accueillie par une jeune femme aux longs cheveux tressés.

— Je vous laisse regarder, m'a-t-elle dit avant de repartir derrière sa caisse.

Cela m'a enchantée ! D'habitude, les commerçants vous sautent dessus comme s'ils risquaient la faillite si vous n'achetez rien : « Vous cherchez quelque chose de précis ? Je peux vous aider ? » et autres propositions qui vous donnent envie de fuir sur-le-champ.

J'ai donc pris mon temps pour visiter le magasin.

Si à l'extérieur l'objet en vitrine m'avait particulièrement attirée, je n'ai pas été déçue par ceux qui se trouvaient à l'intérieur. Un ensemble hétéroclite agencé avec beaucoup de goût. Des coussins recouverts de housses colorées, des attrape-rêves, des cadres personnalisés, des dizaines de guirlandes suspendues, toutes différentes, des miroirs encadrés de bois flotté ou de branchages.

Comme je ne disais pas grand-chose, Éliane, la jeune femme qui m'avait reçue, s'est levée et s'est approchée de moi pour me demander si je souhaitais un renseignement, avant de me préciser qu'elle avait créé/customisé chacun des objets présents dans la boutique.

Oui, Éliane fait partie de ces personnes agaçantes qui, tel un MacGyver capable de faire une bombe à partir d'un bout de ficelle, d'une cuillère et d'un tube de colle, peuvent créer un objet absolument magnifique à partir de presque rien.

Il va sans dire que si je n'ai pas le sens de l'orientation, je n'ai pas non plus ce don. Si vous me donnez des baguettes en bois, du tissu et du feuillage, au mieux vous aurez un baluchon, certes pratique mais sans aucun doute peu esthétique ; avec Éliane vous repartirez avec un superbe pêle-mêle décoré. Même ses emballages cadeaux sont beaux, à tel point qu'on n'a pas envie d'ouvrir de peur d'abîmer.

C'est ainsi, certaines personnes sont nées avec de l'or au bout des doigts, d'autres se contentent de posséder des cartes de crédit.

En plus d'être adorable, Éliane partage sa passion tous les samedis après-midi en organisant des ateliers de loisirs créatifs à thème. Vous pourrez ainsi apprendre à fabriquer des photophores ou des guirlandes. Et le premier mercredi de chaque mois, ce sont les enfants qu'elle accueille.

Une boutique qui porte donc bien son nom, dans laquelle vous pourrez acheter de très jolis objets de décoration, mais également apprendre à en fabriquer.

Parfois, ça a vraiment du bon de ne pas avoir le sens de l'orientation…

•

Le + : Tout ce qui est vendu dans la boutique est passé entre les mains expertes d'Éliane pour un relooking ou une création.

Le - : Cette boutique risque fort de déclencher une boulimie d'achats et une lettre de représailles de votre banquier.

Le prix : Il y en a pour toutes les bourses, entre 15 et 350 euros selon les objets. De quoi trouver à coup sûr un cadeau original.

L'adresse : *Les Curiosités d'Éliane* – 67, impasse des Mûriers, 13678 Gritaine-sur-Joncelle.

– 10 –

— Roxane, Roxane ! m'apostrophe Albane alors que, profitant des doux rayons du soleil, je suis assise sur un banc à surfer sur le Net à la recherche de prochains endroits à visiter pour Voyag'Elles.

Les retours enthousiastes que j'ai eus à la suite de mon article de blog sur la boutique d'Éliane m'encouragent à aller dans ce sens. La découverte d'une région peut aussi passer par certains magasins qui valent vraiment le détour.

L'adolescente semble surexcitée.

— Je l'ai eu ! Je l'ai eu !!!

— Tu as eu quoi ?

— Eh bien, le rôle de Juliette ! Je suis tellement contente ! Notre prof de théâtre a dit qu'il trouvait ma Juliette tout à fait crédible et pleine de nuances. C'est toi qui avais raison. Je l'ai eu, je l'ai eu ! Tu viendras me voir jouer la pièce ? Oh, je pense que tu seras sans doute partie mais je sais pas, moi, tu pourrais juste venir le jour du spectacle. Je suis certaine que si je demande à papa, il t'offrira la chambre. Je l'ai eu, je l'ai eu !

Je suis étourdie par un tel flot de paroles et par les bonds qu'elle ne cesse de faire devant moi, mais ravie pour elle. Et qu'elle se soit mise à me tutoyer spontanément m'amuse.

— Félicitations ! Tu peux être fière de toi.

— Heureusement que vous m'avez aidée avec Gwenole, sinon je me serais ramassée. J'ai assisté à l'audition de cette pimbêche de Noémie et je peux te dire que si j'en étais restée à ma première version, c'est elle qui se serait languie de Roméo au balcon. Tu aurais dû voir sa tête quand on a annoncé les résultats ! C'était à mourir de rire. Ça lui apprendra à se vanter qu'elle est la meilleure.

Je lui souris mais n'ai pas le temps d'ajouter quoi que ce soit qu'elle enchaîne déjà :

— Oh, tu sais quoi ? Papa a décidé de faire une petite fête ce soir à l'hôtel pour célébrer ça. Il m'a dit de te prévenir. Ce sera dans notre salon, vers 18 heures. Tu viendras ? Il n'y aura que quelques personnes, parce que, bon, ça fait court pour s'organiser comme ça au dernier moment, mais ça va être génial.

— Je viendrai avec plaisir. Est-ce qu'il faut que j'amène quelque chose ?

— Je ne sais pas. Mais, à mon avis, il n'y a pas besoin. Papa est déjà en train de préparer des sandwichs. D'ailleurs il faut que j'aille l'aider, je suis juste venue pour t'annoncer la bonne nouvelle. Il faut que je trouve Gwenole aussi. Je me demande quelle cravate il va mettre…

Puis Albane repart comme elle est arrivée, en trombe et avec quelques bonds au passage.

Je me souviens de ce que cela me faisait à son âge d'obtenir quelque chose que je désirais très fort. Je poussais des cris que Xavier, mon frère, avait fini par surnommer les « RRV », pour Roxy Rox Victory.

La première fois c'était pour mon premier grand écart. Je bavais d'admiration devant toutes ces grandes danseuses à la souplesse indécente, capables de se retrouver en grand écart en une seconde. Hélas ! nous ne sommes pas toutes pourvues des mêmes dons. Mais je n'avais pas baissé les bras et pendant des mois, j'avais persévéré devant ma glace, gagnant peu à peu quelques précieux centimètres. Et un samedi soir, c'était il y a longtemps pourtant je m'en souviens comme si c'était hier, j'y étais enfin parvenue. Incrédule, je m'étais regardée dans la glace, moi, Roxane, à peu près souple comme une poutre en bois, j'avais les jambes contre le sol, en grand écart. J'étais euphorique et plusieurs cris suraigus s'étaient échappés de ma gorge.

Xavier avait accouru de sa chambre, brandissant un pot à crayons, prêt à le lancer sur tout intrus en train de me malmener.

Je ne sais même pas si je serais encore capable aujourd'hui de faire retentir ne serait-ce qu'un faible RRV. Quant au grand écart, hélas ! il n'est plus qu'un lointain souvenir. Tous ces efforts pour au final en être au même stade bout de bois à présent, c'est assez désespérant.

Il est 18 heures passées de cinq minutes lorsque je frappe à la porte de l'appartement d'Albane et de son père situé au dernier étage de l'hôtel. C'est l'adolescente qui m'ouvre. Elle arbore un grand sourire, un tee-shirt blanc, une jupe verte à paillettes sur un collant mauve avec des Converse montantes blanches. Je me demande si elle est allée prendre des conseils vestimentaires auprès de Gwenole…

— Je suis contente que tu aies accepté de venir ! C'est la première fête en mon honneur. Enfin, en dehors de mes fêtes d'anniversaire mais celles-là, elles ne comptent pas parce qu'elles sont un peu obligées. Vas-y, entre ! Tu n'as pas emmené Neige avec toi ?

— Euh, non… La dernière fois que je l'ai vue, elle malmenait un ballon dans le jardin. Tu avais raison l'autre jour, je crois qu'elle aime grignoter des choses. J'ai sauvé in extremis une paire de chaussures ce matin.

— Zut… En général, les gens n'aiment pas les chiens qui abîment les choses.

Elle a prononcé cette phrase en me lançant un regard suppliant auquel je ne céderai pas.

— Je te l'ai dit, je ne peux pas adopter cette petite chienne, aussi adorable soit-elle. Je ne suis que très rarement chez moi.

Et j'évite d'ajouter : « Et je n'ai pas envie de prendre le risque de souffrir en m'attachant à un animal. »

— J'espère que tu changeras d'avis ! Et puis tu sais, il y a de très bons vétérinaires qui pourront t'aider pour son problème de grignotage.

L'appartement est spacieux, la décoration, simple mais chaleureuse. Quelques cadres photos, quelques plantes vertes, des meubles en bois clair. Un canapé club en cuir marron a été poussé contre l'un des murs afin de laisser de l'espace pour les invités qui sont déjà là, un verre à la main. Je reconnais quelques clients déjà vus à l'hôtel, que je salue d'un sourire.

Gwenole est en grande conversation avec l'un d'entre eux. Je manque de m'évanouir en apercevant la cravate qu'il porte, rose vif avec des perroquets.

Il y a également quelques adolescentes que je ne connais pas, sûrement des amies d'Albane qu'elle a d'ailleurs rejointes. Elles forment un cercle et rigolent à des blagues qu'elles seules sans doute peuvent comprendre.

À vrai dire, je ne me sens pas à ma place. Je regrette d'avoir accepté l'invitation. Si je m'en vais, personne ne s'en apercevra, non ? J'expliquerai à Albane que je me suis sentie mal.

Alors que je fais demi-tour pour me diriger vers la porte, j'aperçois le père d'Albane, sortant sûrement de la cuisine, les bras chargés de deux énormes plateaux garnis de sandwichs à l'équilibre plus que précaire.

— Voulez-vous que je vous aide ? proposé-je sans réfléchir.

— Ce n'est pas de refus, je crois que je me suis emballé en prenant les deux plateaux en même temps. Mes automatismes de l'école hôtelière sont un peu rouillés.

Je fais les quelques pas qui me séparent de lui et attrape un plateau avant de le suivre vers la grande table placée au milieu de la pièce et recouverte d'une nappe à carreaux violets.

— Merci pour votre aide.

— De rien…

— Frédéric. Si c'est ça que vous cherchez, mon prénom est Frédéric.

— De rien, Frédéric.

— Je vous sers quelque chose à boire, Roxane ? Il n'y a que des boissons sans alcool, rapport à l'âge de la demoiselle à l'honneur, mais le punch tropical est l'une de mes spécialités.

— Avec l'omelette aux champignons ?

— Vous avez une bonne mémoire.

— Hélas, oui… Merci pour le punch, cher Frédéric, mais en fait, je m'apprêtais à partir…

— Déjà ? demande-t-il surpris. Vous venez à peine d'arriver, non ? Albane a prévu il me semble tout un discours de remerciements et vous y êtes en bonne place. Je l'ai entendue le répéter dans sa chambre pendant plus d'une heure, chuchote-t-il tel un conspirateur. Elle sera sans doute très déçue si vous n'êtes pas là pour l'entendre.

J'hésite avant de finalement accepter le verre qu'il me propose et de prolonger ma présence d'une petite heure. Après tout, la solitude qui m'attend dans ma chambre n'a rien pour me réjouir.

— En parlant de remerciements, ajoute Frédéric, je n'ai pas eu l'occasion de le faire de mon côté. Alors, merci pour elle. Je sais que vous l'avez aidée à répéter avant son audition.

— Ce n'était pas grand-chose. Et votre fille est adorable.

— Depuis que vous êtes arrivée, elle ne cesse de me parler de vous. Vous saviez qu'elle lit vos textes sur Internet ?

— Oui, elle me l'a dit. J'ai été surprise, même.

— Comme vous avez mentionné la possibilité d'en faire un sur l'hôtel, elle a voulu aller « vérifier par elle-même si ça en valait la peine ». Elle me fait honte ! ajoute-t-il en riant.

Ça ne m'étonne pas de cette adorable chipie dont l'aplomb m'impressionne une fois encore.

— Elle attend chaque publication avec impatience, poursuit Frédéric. Je crains maintenant d'être dans l'obligation de lui choisir son cadeau d'anniversaire parmi les créations d'une certaine Éliane.

Un temps, j'ai cru que je ne serais plus capable d'écrire quoi que ce soit, ni même capable de travailler, voire de sortir de chez moi. Alors forcément, ces compliments me touchent.

— Vous savez, elle n'a pas beaucoup de repères féminins ici… Elle ne voit que très peu sa mère, qui a préféré conserver sa liberté plutôt que d'élever sa fille. J'ai toujours pensé que je pouvais être les deux, mais je réalise aujourd'hui que ce n'est pas si simple. Après tout, c'est une adolescente de douze ans. Pardon, presque treize, se reprend-il avec un clin d'œil.

Cette soudaine familiarité à laquelle je ne m'attendais pas me met quelque peu mal à l'aise. Frédéric doit le sentir car il s'excuse presque aussitôt de s'être laissé aller aux confidences.

— Je ne sais pas pourquoi je vous parle de tout ça. Pour qui n'a pas d'enfant, ces sujets n'ont sans doute pas grand intérêt.

— Qu'est-ce qui vous fait dire que je n'ai pas d'enfant ? Après tout, vous ne me connaissez pas, répliqué-je, blessée, incapable de ne pas le laisser transparaître.

— Eh bien, je pensais que du fait de votre métier… bredouille-t-il, enfin je croyais… Pardon, je n'aurais pas dû.

— Non, en effet, vous n'auriez pas dû.

Consciente d'être sur le point de fondre en larmes, et refusant de le faire dans ce salon rempli d'inconnus, je repose mon verre sur la table et m'apprête à quitter l'appartement.

Hélas ! c'est le moment que choisit Albane pour faire taire l'assistance et commencer son discours.

— Comme je prévois un jour de remporter un Oscar, il faut que je m'entraîne à faire des remerciements. Je sais que c'est juste une audition et qu'on est loin de Los Angeles, mais c'est pas grave, ça compte quand même. Alors déjà, je suis trop contente que vous soyez là, parce que c'est trop cool et que je vous aime tous. Surtout mon papa, Frédéric, bah oui, c'est lui qui a fait tous les sandwichs. Et puis aussi Roxane et monsieur Gwenole. Parce que vous m'avez aidée à répéter mon rôle et à le piquer à cette pimbêche de Noémie.

Quand je gagnerai mon premier Oscar de la meilleure actrice, je dirai que c'est un peu grâce à vous.

Gwenole, qui s'est entre-temps rapproché de moi, se redresse, fier comme un paon en cravate rose à perroquets.

— Merci d'être venus, amusez-vous et n'oubliez pas que vous pouvez adopter les chiens qui ont choisi vos chambres ! Ils n'ont pas besoin de grand-chose, juste d'un peu de tendresse.

Albane termine son discours par une révérence avant de rejoindre ses amies.

— Elle ne perd pas le nord, cette petite, dit Gwenole.

— Non, en effet. Je suis désolée, je vais devoir m'en aller.

— Déjà ? Mais j'espérais pouvoir trinquer avec vous.

— Une autre fois. Ce soir, je ne peux pas.

Puis, sans un geste ni un mot à l'intention de Frédéric visiblement ennuyé, je quitte l'appartement.

* * *

De retour dans ma chambre, à la fois blessée et en colère, je multiplie les allers-retours à travers la pièce.

Qui est ce Frédéric pour se permettre ce genre de jugement ? Il ne sait rien de moi, rien du tout. Pourquoi est-ce qu'on ne pourrait pas avoir d'enfant quand on fait mon métier ? Qu'est-ce qu'il croit, qu'on n'est pas capable de voyager et de s'occuper d'un enfant ? Si la mère d'Albane n'a pas voulu s'occuper d'elle, ça ne veut pas dire que toutes les femmes sont comme elle. Non, il ne sait rien de moi.

Sur le petit bureau placé contre le mur, mon téléphone clignote, indiquant que j'ai loupé des appels. Inutile de regarder, ma mère a encore dû essayer de me joindre. Depuis hier, elle doit en être au moins à la dixième tentative, avec autant de messages que j'ai continué à ignorer comme tous les autres.

Est-ce la colère qui me fait attraper mon portable, je n'en sais trop rien, toujours est-il qu'en moins de trente secondes je le saisis puis compose son numéro.

— Maman, c'est moi.

— Tu vas venir, n'est-ce pas ? Tu ne vas pas te défiler ? attaque-t-elle sans même prendre le temps de me dire bonjour.

— Maman…

— Tu dois être présente, Roxane !

— Franchement, je ne vois pas en quoi ma présence est indispensable.

— Tu ne vois pas en quoi ta présence est indispensable ? Tu n'es pas sérieuse ? Parce que nous attendons ça depuis des mois ! Il n'y aura pas d'autres occasions, ma chérie. C'est important.

— C'est trop dur, maman.

— Tu crois que pour moi c'est facile ? s'énerve-t-elle. Moi aussi, je souffre, pour le cas où tu en douterais.

Sa voix se brise et je devine qu'elle s'est mise à pleurer.

— Je… Je vais y réfléchir, maman. Je te promets que je vais y réfléchir. Mais… je ne sais pas si j'en serai capable. Le voir…

C'est au tour de ma voix de me trahir. Avant de perdre complètement pied, je raccroche sans autre mot d'au revoir.

Cela fait des semaines que je redoute ce moment. Depuis que la date du procès a été fixée. Elle paraissait lointaine au début, cela me permettait de ne pas trop y penser. Mais aujourd'hui, l'échéance est là, toute proche, me rappelant avec violence ce que j'ai perdu.

Il aura lieu dans trois jours. Trois petits jours.

Et je ne sais pas si j'aurai la force de faire face à celui qui a tué ma fille.

– 11 –

Un an auparavant…

— Tu pars pour longtemps, maman ?

— Deux semaines, ma bichette.

— C'est long, deux semaines.

— Je sais… Mais tu seras avec tonton Xavier. Tu vas certainement beaucoup t'amuser.

— Oui… Mais c'est pas pareil qu'être avec toi, me répond Meryl en se blottissant dans mes bras.

Je n'ai jamais aimé les quais de gare. Ils sont pour moi synonymes de départ, de tristesse et de regards embués. Je les déteste encore plus depuis que, maman, je suis régulièrement contrainte de m'y agenouiller pour dire au revoir à ma fille.

Le haut-parleur annonce le départ imminent du train, je n'ai pas d'autre choix que de me relever pour y monter. Je serre ma fille un peu plus fort, puis je laisse mon frère prendre le relais.

Assise à ma place, je sens le train qui s'ébranle lentement. Dehors, ma fille a la tête basse, presque rentrée dans ses épaules. Elle sanglote. Alors que le train prend de la vitesse, j'assiste au spectacle désormais bien trop familier de Xavier qui s'agenouille à son tour, entoure ma fille de ses bras pour tenter d'enrayer le chagrin qui désormais lui secoue le corps.

J'ai beau savoir que cela ne va pas durer, que d'ici quelques minutes le rire aura remplacé les larmes grâce à la joie de vivre de Xavier qui s'accorde si bien avec celle de Meryl, cela n'en reste pas moins difficile.

Comme chaque fois, le goût rance de la culpabilité m'emplit la bouche. Celle de ne pas avoir renoncé à mon activité professionnelle après la naissance de ma fille.

D'aussi loin que je m'en souvienne, j'ai toujours rêvé de voyages…

Lorsque petite je jouais aux Barbie, c'était pour les faire partir en vacances. Je les entassais dans un camping-car rose aussi volumineux que peu pratique, je fourrais à l'intérieur toutes leurs affaires, incluant vélo, baignoire et robes de soirée indispensables à la survie en milieu hostile, puis je faisais rouler le véhicule à travers la maison, avant de me fixer sur un endroit et de tout y installer. J'imaginais alors qu'elles avaient pris leurs quartiers dans un pays lointain qu'il fallait découvrir. Jamais sans leur baignoire, évidemment.

Une chance pour elles, dans mon imaginaire, les congés payés dépassaient largement le quota de cinq semaines des salariés lambda pour frôler plutôt un semestre entier.

Cette passion des voyages est devenue mon activité professionnelle depuis qu'avec Sam nous avons créé notre propre guide touristique.

Sam s'occupe de tous les aspects administratifs et financiers. Elle gère également le marketing et la communication. Et moi, je fais et défais ma valise, prends des avions, dors dans des hôtels. Une vie de nomade, qui ne me posait pas de problème, bien au contraire, jusqu'à ce que je sois enceinte.

Je voyais un type depuis deux mois lorsque je l'ai découvert. Deux petits mois qui n'ont pas résisté aux seins douloureux, nausée et confirmation de grossesse sur bâtonnet. Quant au type, ça ne lui a pris que trois semaines pour détaler comme un lapin, me laissant là avec le ventre désormais occupé. J'étais jeune, j'avais vingt-six ans, son départ ne m'a pas désespérée, ce n'était vraiment pas l'homme de ma vie.

Devenir maman ne faisait pas non plus partie de mes plans. D'une part parce que je savais que mon besoin viscéral de liberté était peu compatible avec une vie de couple, d'autre part parce que je n'avais jamais ressenti ce désir d'enfant que certaines décrivent, cette urgence de procréer.

Mais étrangement, lorsque la prise de sang a confirmé la présence d'un mini haricot, l'idée de sa disparition m'est devenue insupportable. Alors le haricot est devenu pamplemousse, puis l'échographie a révélé l'arrivée prochaine d'une minette, et Meryl est née.

C'est mon frère qui était avec moi le jour de sa naissance. Quand je le raconte, cela choque les gens même s'ils ne le verbalisent pas toujours. Xavier est pour moi plus qu'un frère, la gémellité explique sans doute cela. Notre lien est parfois difficile à comprendre voire à accepter. Notre propre mère nous a un jour avoué qu'elle se sentait souvent exclue, reléguée à la troisième place.

La présence de Xavier auprès de moi en salle d'accouchement, faute de celle d'un papa, était une évidence. Les soignants ont d'ailleurs cru qu'il était le père et je ne les ai pas détrompés, m'évitant ainsi les regards pleins de pitié que l'on sert aux femmes seules, dans ce moment qui se veut normalement un moment de couple. C'est lui qui a coupé le cordon et je n'oublierai jamais l'amour qui inondait ses yeux lorsqu'il a pris ma fille pour la première fois dans ses bras.

Mon frère, qui aime tant les enfants, a choisi lui aussi de faire de sa passion son métier en devenant professeur des écoles. C'est un instit génial, pédagogue, énergique et plein d'humour. Le seul que je connaisse qui se rende à l'école avec une guitare pour jouer dès qu'il le peut des chansons à ses élèves.

Quelques semaines après la naissance, comme pour toutes les mères, la question de la reprise de mon activité s'est posée. Sam a proposé de prendre quelques déplacements à ma place avec, en contrepartie, un investissement de ma part dans la paperasse, les fesses vissées sur une chaise de bureau pendant neuf heures.

Je mentirais en disant que je l'ai envisagé, parce que la vérité c'est qu'à aucun moment dans mon esprit il n'en a été question. Comme il m'avait été impensable pour moi d'interrompre ma grossesse, il m'était impossible de renoncer, ne serait-ce qu'en partie, aux voyages.

Pour tenter d'apaiser la culpabilité que je sentais déjà poindre, je me rassurais en me disant qu'il valait mieux pour Meryl avoir une maman certes parfois absente mais épanouie, plutôt qu'une maman plus présente mais malheureuse.

Mais maintenant, dans ces moments de départ où j'assiste, responsable, aux larmes de ma fille sur le quai, j'avoue qu'il me faut répéter plusieurs fois ces paroles, si possible à voix haute, pour m'en convaincre.

Heureusement, en mon absence, c'est Xavier qui s'occupe de Meryl. Et je sais qu'il n'y a aucun autre endroit au monde où elle pourrait être mieux traitée que chez mon frère jumeau. D'autant plus qu'il vit dans le même immeuble que moi, un étage au-dessus. Quelques mois avant la naissance de Meryl, un appartement s'est en effet libéré. Xavier a sauté sur l'opportunité. Difficile de faire plus pratique. Il a ainsi pu s'occuper d'elle dès les premiers mois. Meryl était un bébé facile, qui gazouillait presque continuellement, lui laissant du temps pour préparer ses journées de classe avec ses élèves.

Xavier aime Meryl comme sa fille et ferait n'importe quoi pour elle. Ce qu'il fait d'ailleurs depuis quelque temps et qui nous vaut des discussions parfois tendues.

J'estime que Meryl, à sept ans, a besoin d'un certain équilibre, autant qu'il soit possible d'en avoir avec mes déplacements. En tout cas je voudrais pour elle une certaine discipline : faire ses devoirs, manger correctement et se coucher de bonne heure. Xavier, lui, trouve qu'il est bien plus intéressant de faire une sortie cinéma en pleine semaine pour aller voir un quelconque dessin animé en avant-première, avec, en prime, le plaisir de plonger ses mains dans un immense seau de pop-corn placé entre leurs sièges.

* * *

Ainsi, ce jour-là, alors que je viens de m'installer dans un petit hôtel charmant tenu par des sœurs jumelles au tempérament bien marqué, les valises vidées, douchée et pleine de l'énergie qui précède la découverte d'une nouvelle région, j'appelle mon frère pour le rassurer : je suis arrivée sans encombre.

— Hey, Roxy Rox ! m'accueille-t-il avec enthousiasme. Ça va ? Coin sympa ?

— Je n'ai pas encore vu grand-chose à part l'hôtel mais, lui, il est déjà tout à fait bien. Tu aimerais beaucoup la décoration. L'une des propriétaires, Axelle, est amoureuse des vieux appareils photos. Elle en a disposé un peu partout sur des étagères. Forcément, ça s'accompagne de beaucoup de photos encadrées sur les murs dans un joyeux mélange de couleurs et de tailles.

Xavier s'est mis à la photographie il y a maintenant trois ans. Le loisir est devenu nouvelle passion. Une chance pour lui, il est plutôt doué et, cerise sur le gâteau, Meryl adore jouer les modèles.

— On a justement fait quelques clichés tout à l'heure. J'ai bien envie de faire une série sur les départs et les arrivées à la gare pour capter les différences d'émotions dans les regards de ceux qui accompagnent les voyageurs jusqu'au train.

— Super idée ! Je te prendrai les arrivées si tu le permets, le reste est trop triste. Tu me passes Meryl ?

— Piaaaaaaaf ! hurle-t-il à moitié dans le téléphone. Ta mère veut te parler.

Je ne sais pas d'où vient chez lui cette manie de donner des surnoms à tout le monde comme ça. Peut-être une revanche pour lui qui subit le diminutif de Xav depuis qu'il est haut comme trois pommes.

Trouver un surnom est presque ce qu'il fait en premier quand il se lie d'amitié avec quelqu'un. Et une fois qu'il en a choisi un, impossible de l'en faire changer. L'un de nos amis communs se voit appeler Pompon depuis maintenant dix ans parce qu'il a eu le malheur de prononcer ce mot une fois au cours de notre première rencontre. Quand on a quarante ans et qu'on est grand et carré comme un rugbyman, ce « pompon » n'est pas forcément du plus bel effet.

— Xav, Meryl va avoir huit ans, tu devrais envisager de l'appeler par son prénom, tenté-je mollement, connaissant l'entêtement de mon frère.

— Pourquoi ? C'est joli, Piaf, et pour une enfant qui chante du matin au soir, tu admettras que c'est plutôt adapté. Tu devrais l'entendre chanter *La Vie en rose*, franchement elle fait honneur à l'Édith du même nom.

— Allô, maman ? nous interrompt Meryl en prenant le téléphone. Tu sais quoi ??? Tonton m'emmène voir Louane demain en concert ! C'est pas trop bien ? Et en plus on sera devant. Peut-être que je pourrai lui parler ? Tu crois que je pourrai ? Ce serait trop bien si je pouvais !

Je soupire intérieurement.

— Mais il y a école le lendemain. Ça va te faire coucher tard…

— Tonton, il dit qu'on dormira quand on sera mort.

Ben voyons…

— J'ai pas tellement envie d'être morte pour pouvoir dormir. Tu crois que c'est obligé ? chuchote-t-elle soudain.

— Non, ma princesse, rassure-toi. Je suis contente pour toi, tu feras une bise à Louane pour moi.

— D'accord ! Ah et tout à l'heure on a vu un petit chien dans le parc, il était trop choupignon ! Est-ce qu'on peut avoir un chien, maman, s'il te plaît ? Je m'en occuperai trop bien, tu sais. Il pourra dormir dans ma chambre en plus.

Je ne peux m'empêcher de sourire au « choupignon », nouvelle contraction made in Meryl. Le mois dernier, c'était « déchitrus », mélange de « déchets » et « détritus ». Ça va devenir sa marque de fabrique.

— Tu sais bien qu'un chien, c'est compliqué…

Je peux entendre sa tristesse dans le silence à l'autre bout du fil, alors, parce que je suis faible et sous l'emprise d'une crise importante de culpabilité, je temporise.

— Mais je veux bien y réfléchir…

— Ce serait trop bien ! Bon, il faut que j'aille répéter dans ma chambre, je dois connaître toutes les chansons de Louane par cœur pour demain, en plus on est devant. Peut-être qu'elle m'entendra chanter ? Bisous maman !

Et ma fille repart aussi vite qu'elle est arrivée.

— Je sais ce que tu vas dire… reprend Xavier après avoir récupéré le téléphone.

— Si tu le sais, pourquoi est-ce que tu n'en fais qu'à ta tête ?

— Parce que c'est une occasion unique. Tu sais combien Piaf adore Louane.

— Oui, je le sais. Et qu'elle rêve de devenir chanteuse, je le sais aussi. Mais on est en semaine, Xav. Et Meryl a avant tout besoin de sommeil. Vous allez rentrer à pas d'heure et le lendemain elle sera crevée. Ce n'est pas toi qu'on appelle ensuite pour dire qu'elle s'est endormie sur sa table.

— N'exagère pas, ça n'est arrivé qu'une seule fois !

— Oui, eh bien c'est une fois de trop. Je t'avais demandé d'arrêter de faire des sorties en pleine semaine, franchement j'en ai vraiment marre que tu te contrefiches de mes consignes.

— Très bien ! Tu veux que j'aille lui dire que finalement on n'y va pas ? Je peux tout à fait le faire, et comme ça je suivrai à la lettre tes « consignes », comme tu dis. Je trouverai sûrement dans ma classe des dizaines de gamines folles de joie à l'idée de voir leur idole en concert.

— Bonne idée, et c'est moi qui passerai pour la mauvaise mère, encore.

— Ça n'est pas un concours, Roxy Rox, réplique-t-il sur un ton d'apaisement, ce qui a le don de m'énerver encore plus.

— C'est facile pour toi de dire ça ! Quand elle est avec toi, tout n'est que fête et plaisir ! Pas d'heure de coucher, on mange ce qui nous fait envie, sur le canapé si ça nous chante. Tu es Super-tonton-trop-cool, Xavier !

— Et toi, tu es sa mère…

— Justement, j'aimerais qu'à l'avenir tu en tiennes un peu plus compte.

— Message reçu. Je te laisse, Roxane, il faut que j'aille préparer des haricots verts vapeur pour le dîner.

Je n'ai pas le temps de rétorquer quoi que ce soit : il a déjà raccroché. Meryl a les haricots verts en horreur, Xavier le sait aussi bien que moi.

« Ce n'est pas un concours »… Si seulement il pouvait se rendre compte combien c'est difficile de passer derrière lui, combien le « Va te brosser les dents, il est l'heure d'aller se coucher » est beaucoup moins fun qu'un concert de Louane en pleine semaine.

Quoi que je fasse, quoi que je dise, je suis perdante de toute façon. Parce que je suis cette mauvaise mère qui a choisi de ne pas arrêter son activité professionnelle au bénéfice de son enfant, et celle encore qui veut lui interdire à distance d'aller voir sa chanteuse préférée.

Quel que soit le scénario, on finit toujours sur un Xavier : 1 - Roxane : 0.

Trois heures plus tard, je me couche pleine de culpabilité et d'amertume, refusant d'admettre que si je suis en colère contre mon frère, c'est parce qu'en réalité j'aimerais être celle qui l'emmène voir sa chanteuse préférée en concert.

C'est la dernière conversation que nous ayons eue tous les trois, Xavier, ma fille et moi. Depuis ce jour, je ne cesse d'entendre en boucle les mots que nous avons échangés, mais rien n'y fait, aucun « Je t'aime », ni aucun « Tu me manques » n'y prend jamais place.

Si seulement j'avais su que c'était la dernière fois que j'entendrais leurs voix…

* * *

Le lendemain, vers 11 heures, alors que je terminais un entretien avec un coiffeur de quatre-vingts ans toujours en activité et passionné par son métier, j'ai reçu un appel. Un de ceux qu'on redoute de recevoir lorsqu'on devient parent.

— Madame, je suis au regret de vous annoncer que votre fille et votre frère ont eu un accident de voiture… Oui, c'est très grave… Je ne peux pas m'engager sur un pronostic… Si vous pouviez venir le plus vite possible…

Hélas ! le plus vite possible n'a pas été assez rapide. Lorsque je suis arrivée à l'hôpital trois heures plus tard, après avoir loué en catastrophe une voiture et conduit bien au-delà des limitations de vitesse, j'ai trouvé ma mère en larmes dans le couloir du service de réanimation, hurlant comme une bête. Mon frère et ma fille avaient succombé à leurs blessures.

Je me souviens m'être rappelé cette histoire de concours et avoir pensé que pour être la perdante de celui-là, j'aurais donné tout ce que j'avais.

Pendant que je recevais les condoléances de l'équipe soignante, que je signais tout un tas de documents administratifs dont je ne comprenais pas la signification, mon esprit avait comme « décroché ». Un « cut » brutal, comme si mon subconscient avait décidé d'occulter cette nouvelle insoutenable. Une sorte d'ictus amnésique, m'ont expliqué plus tard les médecins, face à un choc trop violent, et qui peut durer entre trois minutes et vingt-quatre heures. Je me suis focalisée sur une demande que m'avait faite Meryl quelques jours auparavant. Elle voulait que je lui prépare une tarte aux fraises. Je suis une piètre cuisinière, incapable de mitonner de bons petits plats. Je ne réussis que deux recettes : la quiche lorraine et la tarte aux fraises. Meryl en raffolait et m'en demandait régulièrement. Et là, dans la chambre d'hôpital, avec en bruit de fond les gémissements de ma mère, j'essayais de me souvenir de la recette de la crème mousseline que j'utilisais pour la tarte. Sans succès. Impossible de me rappeler le nombre d'œufs nécessaires. Deux ou trois ? J'étais incapable de penser à autre chose. Et une fois rentrée chez moi, plusieurs heures après, je me suis précipitée vers le carnet dans lequel je notais des recettes, les deux que je maîtrisais mais également toutes celles que je projetais de faire sans jamais m'y risquer. Trois œufs. Il faut trois œufs pour faire la crème.

C'est à ce moment-là que je me suis effondrée, que les larmes l'ont emporté. Mes jambes ont cédé sous mon poids et, assise sur le carrelage de la cuisine, mon carnet de recettes à la main, ouvert à la page de celle de la tarte aux fraises, j'ai hurlé à mon tour.

Puis je m'en suis voulu pour tout. Pour avoir laissé Xavier s'occuper de ma fille une fois de plus, pour ne pas avoir été moi-même au volant de la voiture, pour ne pas avoir arrêté de travailler à la naissance de Meryl… Et enfin la colère, violente, dévastatrice, a succédé à la culpabilité.

De l'accident, je n'ai retenu que peu de choses, comme si mon cerveau refusait d'imprimer les détails des derniers instants de la vie de ceux qui comptaient le plus pour moi. C'est l'une des raisons pour lesquelles je redoute tant d'être présente au procès.

Je ne veux pas visualiser les images de la mort de mon frère jumeau et de ma petite fille, j'ai peur qu'elles me hantent à jamais et qu'elles apparaissent chaque fois qu'un souvenir heureux avec lui ou elle réussit à se frayer un chemin dans mon esprit. Qu'à terme il n'y ait plus rien d'autre que cet accident, plus puissant que tout et balayant tout le reste sur son passage.

Je ne veux pas qu'on puisse me dire que je peux maintenant passer à autre chose, qu'il faut avancer.

Je ne veux pas risquer d'oublier.

Je ne veux pas voir le visage de celui qui a provoqué ce désastre, je ne veux pas le connaître, je ne veux pas comprendre les circonstances… Je connais son nom et c'est déjà trop.

Je suis en colère, et je suis terrorisée à l'idée que cette colère puisse un jour me quitter. Parce que c'est la colère qui me fait tenir debout, et qui tient à distance, ne serait-ce qu'un tout petit peu, la culpabilité.

– 12 –

Depuis combien de temps est-ce que je pleure ? Une heure, deux heures ? Je n'en ai aucune idée. Je ne me souviens même pas d'être allée m'allonger sur mon lit, en position fœtale, après avoir raccroché au nez de ma mère.

Pourtant, c'est bien là que je me trouve, la vue brouillée et les joues mouillées de larmes.

Suis-je condamnée à revivre sans cesse cet accident ? Tout est encore si clair dans ma tête ! Les cris, les odeurs d'hôpital et le visage blafard de Meryl dans ce lit beaucoup trop grand.

Que pourrait bien m'apporter ce procès, si ce n'est d'ajouter de la haine à la souffrance ?

Je sens soudain une petite langue me lécher le bas du visage, puis au bout de quelques secondes Neige se niche au creux de mon cou, ce qui a pour effet de me faire pleurer de plus belle.

Une main chaude se pose alors sur mon bras.

— Qu'est-ce qui vous rend aussi malheureuse, chère Roxane ?

Je me redresse et découvre devant moi un Gwenole inquiet.

— Pardonnez mon intrusion mais la porte était mal fermée. Cette petite boule de poils m'a d'ailleurs précédé, la coquine, dit-il en accordant à la chienne une caresse. Monsieur Frédéric était soucieux à la suite de votre départ. Apparemment il a dit quelque chose qui vous a blessée, je lui ai proposé d'aller vérifier que vous alliez bien. Je m'apprêtais à frapper quand Neige s'est faufilée. Je vous ai entendue pleurer. Qu'y a-t-il, Roxane ? En parler vous fera du bien, croyez-en mon expérience.

— Sauf que vous n'êtes pas responsable du drame que vous vivez. Moi si.

— C'est peut-être ce que vous croyez, mais je suis certain qu'il n'en est rien.

— Pourquoi ? Vous ne savez rien de moi. Si je vous dis que je suis responsable de la mort de ma fille, est-ce que vous continuerez à m'accorder votre amitié ? Si je vous dis que je ne suis qu'une femme égoïste, qui a fait passer son travail avant sa famille, aurai-je toujours droit à votre sollicitude ?

— Je ne connais peut-être pas grand-chose de vous, mais je sais reconnaître une personne égoïste quand j'en vois une et ce n'est pas ce que j'ai sous les yeux.

— Eh bien vous avez tort ! Lorsque ma fille est née, j'aurais dû changer de travail ou trouver un métier moins absorbant, pour pouvoir être plus souvent avec elle. Mais non, j'ai choisi de continuer à faire mon boulot, parce que j'aimais ce que je faisais. Et au final, un matin, alors que j'étais loin, elle est morte avec mon frère à la suite d'un accident de voiture, voilà. Je n'étais pas là, je n'ai pas pu lui dire combien je l'aimais, je n'ai pas pu…

Malgré moi, je martèle Gwenole de mes poings, jusqu'à ce qu'il m'enserre dans ses bras.

— Si je puis me permettre, si vous étiez aussi égoïste que vous le dites, vous ne seriez pas là à pleurer et à vous reprocher quelque chose contre lequel vous ne pouviez rien. Je suis sûr que votre fille savait que vous l'aimiez.

— Meryl était une petite fille tellement joyeuse ! Elle rêvait d'être chanteuse, elle s'entraînait dur chaque jour. Mon frère, Xavier, l'avait surnommée Piaf. Donner des surnoms aux gens, c'était son truc. Je les ai perdus tous les deux, en un quart de seconde. La veille, nous nous parlions au téléphone, mon frère et moi, je lui faisais des reproches, et le lendemain, ils n'étaient plus là. C'était il y a un an. Et dans trois jours aura lieu le procès de celui qui conduisait la voiture. Il est en vie, lui. Je ne sais pas si j'aurai la force d'y aller. Je… C'est tellement douloureux.

— Je comprends ce que vous ressentez. Ma femme est certes encore en vie, mais cela fait des mois que je l'ai perdue. Il n'y a rien de pire que voir partir des personnes qu'on aime. Assister à ce procès vous apportera peut-être une forme de paix ?

— Mais si ce n'était pas le cas ?

— Est-ce que vous serez plus mal en point qu'aujourd'hui, à pleurer dans les bras d'un vieillard tel que moi ?

C'est Gwenole qui a raison. Pour Meryl et Xavier je devrais y aller et affronter ce chauffard. Pour qu'il sache qui ils étaient. Qu'il voie tout le mal qu'il a causé. Et qu'il pourrisse en enfer.

Mais comment trouver la force de le faire ?

– 13 –

Les aventures de Roxane en Voyag'Elles

« C'est moi qui l'ai fait ! »

Est-ce que regarder « Le meilleur pâtissier » vous donne envie de commander robot, moules et spatules pour réaliser des gâteaux qu'ensuite vous ferez déguster à toute votre petite famille ?

Est-ce que passé le générique de fin de l'émission vous redescendez sur terre en vous souvenant que vos talents de pâtissière se limitent à la tarte aux fraises (dont vous ratez la pâte une fois sur deux…) ?

Si vous avez répondu oui aux deux questions, vous êtes donc exactement comme moi, une personne qui le temps d'une émission se sent capable de réaliser une pièce montée avec décor en pâte à sucre et qui, une fois la télévision coupée, s'aperçoit qu'elle a oublié d'éteindre son four.

Avec la fameuse tarte aux fraises dedans.

Tant pis, on sortira des glaces à l'eau pour le dessert.

Pourquoi est-ce que je vous raconte tout ça ? me direz-vous.

Tout simplement pour que vous compreniez mieux mon choix d'activité du jour : un cours de pâtisserie.

Voyager, c'est aussi un bon moyen de profiter des ressources humaines locales. Et quand un grand chef pâtissier propose des cours à quelques kilomètres de votre lieu de villégiature, moi je dis qu'il ne faut pas s'en priver.

C'est donc armée de toute ma bonne volonté et de mon don bien caché pour la pâtisserie que je me suis rendue dans un bâtiment réaménagé en cuisine collective pour apprendre à faire des macarons.

Oui, vous avez bien lu, des macarons. Il y avait d'autres choix possibles : fraisier, bûche de Noël ou encore forêt-noire, mais j'ai opté pour les macarons.

Je m'imagine déjà posant mon présentoir sur la table et annonçant fièrement : « C'est moi qui les ai faits ! » Et assurément, cette déclaration ne peut pas être mieux accompagnée que par des macarons caramel au beurre salé…

Nous sommes visiblement un certain nombre à vouloir impressionner nos convives puisque presque tous les plans de travail sont occupés lorsque j'entre dans le bâtiment.

Première confirmation, la pâtisserie n'est pas seulement une affaire de femmes : je compte bien une dizaine d'hommes présents.

Lorsque le chef pâtissier fait son entrée, telle une rock star qui monte sur scène, une sorte de silence se fait, chacun regardant avec respect et admiration cet homme en toque blanche et col bleu, blanc, rouge.

Note à moi-même : éviter de lui dire que je ne connaissais pas son nom jusque hier soir 19 heures.

Je l'écoute religieusement nous présenter les bases de la confection des macarons : les coques en meringue.

Devant nous se trouve une recette qui fait plusieurs pages avec au moins douze mille étapes de réalisation. Première déception : la pâtisserie, ce n'est pas comme la cuisine, on ne peut pas ajouter un peu de ci, un peu de ça, oh et puis non finalement encore un peu plus de ça.

Ce n'est pas que je sois douée pour la cuisine, mais lorsque je suis devant ma casserole, j'adore cette idée de pouvoir, au gré de mes envies (et de ce qu'il y a sur mes étagères ou dans mes placards), adjoindre à la recette des pincées de ceci ou de cela.

En pâtisserie : que nenni ! On n'ajoute rien du tout, et surtout, surtout, on ne plaisante pas avec les dosages. Quand dans la recette il est écrit 128 grammes de farine, il faut mettre exactement 128 grammes de farine dans le bol sous peine sans doute de voir le sol s'entrouvrir sous vos pieds direction les flammes de l'enfer. Je l'ai bien vu à la tête de mon voisin de plan de travail lorsque j'ai commencé à verser ma farine dans le bol, au jugé, alors que lui la versait religieusement dans sa balance à l'aide d'une cuillère à soupe.

Bon, 128 grammes de farine, ça passe encore…

Le problème survient lorsqu'il faut peser 200 grammes d'œuf… Il serait bien sûr beaucoup trop simple d'inscrire un nombre d'œufs à casser.

Un grammage, en effet, c'est nettement mieux.

Pendant une bonne heure, je pèse, je verse, je mixe, je tamise, je mélange, je surveille la température (qui doit atteindre 114 degrés, pas un de plus, pas un de moins – 113 degrés, c'est cru, 115 degrés, c'est cramé…), je remélange, j'incorpore…

Je vous épargne toutes les étapes intermédiaires non décrites dans la recette telles que : j'en mets partout par terre, j'enlève les coquilles d'œuf de la préparation, je lave la casserole parce que je n'ai pas bien surveillé la température et que visiblement marron foncé n'est pas la couleur attendue pour le sucre…

Tout ça pour arriver au moment suprême de la poche à douille ! Vous savez, cet ustensile que l'on remplit et qui permet de produire de petits tas de pâte joliment homogènes sur une plaque de cuisson…

Ce qu'on ne vous dit pas, c'est combien cette foutue poche est difficile à remplir et par-dessus tout combien aucun tas de pâte ne sort homogène ni petit de la douille !

C'est à ce moment-là, je crois, que je me suis dit qu'il aurait peut-être fallu opter pour le fraisier…

Au final, après deux heures, les bras blancs de farine et les cheveux collés au sucre, je sors du four des « macarons ». Je mets des guillemets car ce serait faire offense aux macarons que de les comparer à mes productions boursouflées et à la forme indéfinie. Qui néanmoins, il faut le reconnaître, sont délicieuses.

Je repense alors à cette fameuse réplique « C'est moi qui les ai faits » que je me réjouissais de scander dans l'attente des applaudissements, en me disant qu'elle sera tout à fait superflue.

En regardant mes macarons, personne, hélas, n'aura de doute sur qui les a faits.

•

Le + : Les conseils d'un grand chef pâtissier qui a la délicatesse de ne pas vous faire remarquer que vous avez plein de farine sur le front.

Le - : L'absence de ce grand chef quelques semaines plus tard dans votre cuisine, quand vous vous réessaierez à la recette.

Le prix : 100 euros le cours de pâtisserie. Incluant les ingrédients pour réaliser votre dessert.

L'adresse : *Les Mains dans la Farine* – 38, avenue des Magnolias-for-Ever, 30451 Trelbouille-les-Farandoles.

* * *

Je relis mon texte et bloque presque aussitôt sur la référence à la tarte aux fraises. Lorsque j'ai écrit cette phrase, concentrée sur l'objectif, rien ne m'a troublée. Mais à présent… Décidément, mon inconscient ne me laissera jamais en paix. Me voilà projetée des mois en arrière. Je me revois, de retour de l'hôpital, assise par terre dans la cuisine, hébétée, cherchant la recette de cette tarte que Meryl aimait tant.

J'ai l'impression que la température de la pièce a baissé soudainement, mon corps est parcouru de frissons. J'ai froid. Je tente de me concentrer à nouveau, de reprendre ma relecture du texte mais rien n'y fait. Ce que j'ai écrit me paraît désormais horriblement mauvais.

Je sais pourtant que je n'aurai pas la force de retoucher quoi que ce soit. Les yeux brouillés par les larmes, je publie mon article tel quel.

À présent que le tamis a laissé passer la souffrance et la colère, il est vain de lutter. Le souvenir de l'accident remplit tout l'espace.

Meryl, Xavier…

Je retiens un hurlement que je sens monter.

J'ai si mal.

Alors, je prends ma décision.

– 14 –

« Allô, maman, c'est moi, Roxane. Je voulais juste t'annoncer que j'ai décidé de venir. Je serai présente au procès. Je veux pouvoir lui dire combien Meryl et Xavier étaient formidables et que c'est sa faute s'ils sont morts. »

* * *

Je n'avais pas la force pour un nouvel échange avec ma mère, alors j'ai choisi le seul moment de la journée où je la sais indisponible pour laisser un message sur son téléphone : 8 heures, heure à laquelle elle boit le thé du matin avec sa voisine et meilleure amie, Nicole.

Je ne cesse d'y penser depuis l'autre soir et bien entendu ils ont raison, Gwenole et ma mère, je dois y aller, il le faut. Étrangement, maintenant que j'ai pris cette décision, je compte même les minutes qui me séparent du moment où j'aurai en face de moi l'assassin de ma fille et de mon frère.

Je veux pouvoir m'asseoir dans ce tribunal, tout près de lui et ne pas le quitter des yeux, pas une seule seconde.

Je veux qu'il ressente toute la souffrance qu'il a causée et dont il se fiche sans doute éperdument, lui qui a continué à vivre sa vie, en toute insouciance, depuis l'accident.

Lui qui a sûrement continué à aller travailler, à rire aux blagues de ses collègues, à inviter des amis à dîner, à se détendre autour d'un verre, à faire l'amour à sa femme… Et qui sait, peut-être même à lire une histoire à ses enfants le soir pour qu'ils s'endorment et à leur faire un dernier bisou, rempart contre les mauvais rêves, avant de quitter leur chambre.

Mais avant ça, je dois aller m'excuser auprès de Frédéric. Certes il a fait preuve de maladresse, mais pas au point de justifier ma réaction.

J'ai réalisé que je me sentais bien dans cet hôtel, je ne saurais pas vraiment dire pourquoi mais c'est un fait, je me sens beaucoup mieux que depuis des mois et nettement mieux que dans mon propre appartement. J'ai envie que ça dure encore un peu et, pour ça, il faut que Frédéric sache pour Meryl.

Je sais au fond de moi que le procès à venir va me rendre malade comme une bête et qu'à mon retour j'aurai besoin de ce que j'ai trouvé en déposant mes valises ici.

Il est à peine 9 heures lorsque je frappe à la porte de l'appartement d'Albane et Frédéric. Alors que je m'attends à le trouver lui, c'est l'adolescente qui m'ouvre.

— Ah, bonjour Roxane ! C'est cool de te voir. L'autre jour tu es partie, on aurait dit une furie. Apparemment papa a fait une boulette ? Franchement faut pas lui en vouloir, il se rend pas toujours compte. Tu vois l'autre jour, avant ma fête, lorsqu'il est passé me récupérer au collège, il a demandé à mes copines si elles avaient hâte de venir à ma boum… À ma boum !

Nan mais t'imagines un peu la honte ! On ne parle plus comme ça depuis au moins genre le dix-septième siècle !

Une fois de plus, je ne peux m'empêcher de sourire devant le débit de la jeune fille. Est-ce une constante à cet âge ? Pourquoi être si pressé de vivre ou de grandir ?…

— Tu prends le p'tit dej avec nous ? poursuit Albane.

— Tu n'as pas cours ? Je ne veux pas te mettre en retard.

— Nan. La prof de français est malade alors je ne commence qu'à 11 heures. Vas-y, rentre, je suis certaine que papa sera content de te voir. Il a cette barre de soucis sur son front depuis ma fête, je te jure, il me fait de la peine.

Pour me convaincre, elle passe derrière moi et ferme la porte. Puis elle se dirige vers la table de la salle à manger, remise depuis la fête à sa place habituelle, et s'y laisse tomber plus qu'elle ne s'assoit, une jambe pendante, l'autre repliée, le pied posé sur l'assise de la chaise en face d'elle. Elle me fait signe de la rejoindre avec insistance mais je suis incapable de faire le moindre pas. Cette intimité…

Frédéric sort de la cuisine avec dans les mains une assiette pleine de crêpes. Son regard passe de sa fille au mien, celle-ci ne m'ayant pas lâchée.

— Roxane… Je ne vous ai pas entendue frapper… Il y a un problème ? Je peux faire quelque chose ?

— Non, non. Il n'y a rien. Je voulais juste… Je voulais juste m'excuser d'être partie comme ça l'autre jour. Ce n'était pas votre faute, dis-je sans avoir bougé d'un millimètre.

— Est-ce que c'est toujours toi qui écris les billets sur le blog de Voyag'Elles ? me demande soudain Albane sans crier gare.

— Hein ? Pardon ?

— Le texte d'hier sur le cours de pâtisserie, c'est vraiment toi qui l'as écrit ?

— Oui. Pourquoi est-ce que tu me poses cette question ?

— Bah franchement, quand j'y pense, je me dis que c'est trop bizarre que ce soit toi. La fille qui écrit, elle est super drôle ! J'ai fait lire la soirée country à mes copines et ça nous a fait marrer. Sauf que je te regarde et en fait t'es pas du tout joyeuse, t'es même super triste. Tu n'arrives même pas à venir t'asseoir pour manger une crêpe avec nous !

— Albane ! la stoppe son père. Je t'ai déjà demandé de faire attention avec ta familiarité. Roxane n'est pas là pour se prendre tes jugements en pleine figure.

— C'est toi qui me dis ça ? C'est la meilleure ! rétorque-t-elle en se renfrognant.

— Votre fille a raison, Frédéric… Je ne suis pas la même que sur le blog de Voyag'Elles. C'est mon travail… Et dans mon blog, je me dois d'être drôle. C'est ce qui me permet de maintenir la tête hors de l'eau. De ne pas penser, enfin, de ne pas trop penser… C'est justement ce que j'étais venue vous expliquer. Je n'aurais pas dû me vexer pour ce que vous m'avez dit, vous ne pouviez pas savoir que…

— Non, non, j'avais tort. Après tout, c'est vrai, je ne vous connais pas. Je n'aurais pas dû…

— J'avais une fille. Elle s'appelait Meryl et elle allait avoir huit ans. Je suis certaine qu'elle t'aurait adorée, Albane. Elle… Elle est morte l'année dernière. Dans un accident de voiture. J'étais en déplacement, comme souvent. C'est mon frère, Xavier, qui s'occupait d'elle chaque fois. Lui aussi est mort. Et je n'étais pas là. Voilà. C'était ce que je voulais vous expliquer. Pour que vous sachiez que vous n'aviez rien dit de mal.

Mes pieds sont toujours solidement ancrés dans le sol, mes bras collés le long de mon corps pèsent une tonne. Je devine sur le visage de Frédéric un mélange de gêne, de tristesse et de compassion que je ne mérite pas.

Albane, quant à elle, a cessé de jouer avec le morceau de crêpe qu'elle avait commencé à triturer après la réprimande de son père.

Elle me regarde et, avec toute la spontanéité de son âge, elle se lève et en trois grandes enjambées me rejoint pour me prendre dans ses bras.

— Je suis tellement triste pour toi, Roxane ! Ça doit être horrible !

— Je… J'accepte ta proposition de crêpes, si elle tient toujours.

* * *

En fin de journée, je trouve Gwenole à sa place habituelle, dans le patio de l'hôtel, assis sur un banc, les yeux dans le vague. Il est très élégant comme toujours, costume gris finement rayé et cravate rouge avec de gros coquelicots jaunes.

— Y a-t-il une petite place pour moi ?

— Chère Roxane, pour vous, toujours ! répond-il presque aussitôt avec un sourire sincère. Comment vous sentez-vous depuis hier soir ?

— C'est difficile à dire. Je suis soulagée d'avoir pu parler de Meryl. Mais… je suis aussi terrifiée par ce qui m'attend demain.

— Vous avez finalement décidé d'y aller ?

— Oui. Même si ça risque d'être douloureux, voire épouvantable.

— Je crois que vous avez pris la bonne décision. Savez-vous combien de temps va durer le procès ?

— Quelques heures à peine a priori. Ça paraît dérisoire… Une poignée de minutes pour juger celui qui a causé la mort de deux personnes.

— Ce qui compte, c'est l'issue du procès. Peut-être que ça vous fera du bien d'entendre un verdict de culpabilité. Autre que celui que vous vous êtes infligé. Et sans procès, celui-là.

— Peut-être. Pour être honnête, je ne sais pas si cela me fera du bien ou non. Mais j'ai décidé qu'il était hors de question d'épargner au meurtrier le visage de ma souffrance. Je veux qu'il quitte le tribunal avec cette image sur le cœur.

— Je vous comprends. Même si je ne suis pas certain que… Enfin, ce n'est pas à moi qu'il appartient de vous dire quoi que ce soit. Sans transition, comme disent les journalistes, j'ai pensé à vous ce matin en ouvrant mon tiroir à chaussettes, dit-il en sortant de l'intérieur de sa veste de costume une petite boîte noire en cuir. Je n'ai pas eu le temps de faire un joli paquet cadeau. Cela dit, vous ne perdez sans doute rien, je n'ai jamais eu aucun talent artistique.

— Je suis flattée que vos chaussettes vous fassent penser à moi, répliqué-je amusée.

Le calme et la sérénité de Gwenole agissent comme des gouttes d'eau sur des braises. Rares sont les personnes à produire cet effet chez moi, surtout depuis l'accident.

J'ouvre la boîte avec précaution et y découvre un stylo ivoire et or posé sur un fond de satin.

— C'est un stylo plume, m'indique Gwenole. Il appartenait à ma femme. Je le lui ai offert pour notre dixième anniversaire de mariage. Elle adorait écrire. Même lorsqu'il fallait envoyer un chèque au percepteur, elle l'accompagnait d'une missive joliment manuscrite.

— Je ne peux pas accepter, c'est trop…

— Si, vous le pouvez. Quand sa main a commencé à trembler et son esprit, à flancher, elle n'a plus voulu écrire quoi que ce soit. Et un stylo qui n'écrit pas, c'est un stylo mort.

— Vous avez trop regardé *Friends* !

— Regardé qui ?

— *Friends.* C'est une série. Ross offre un jour un vélo à Phoebe alors qu'elle ne sait pas en faire… Enfin, peu importe. C'est vraiment un très beau stylo, ça me gêne beaucoup.

— Comme ça, vous pourrez m'écrire en votre absence, pour me raconter comment les choses se passent, comment vous vous sentez.

— Je ne serai sans doute partie que quelques jours et je pourrai aussi vous téléphoner.

— Ce n'est pas pareil. Une lettre, je pourrai prendre mon temps pour la lire, je pourrai la relire, et surtout je pourrai la garder. Acceptez ce stylo, s'il vous plaît. Je voudrais qu'il puisse vivre de nouveau.

— Merci beaucoup. J'en prendrai soin, je vous le promets, dis-je en lui déposant une bise sur la joue.

— De rien. Joie de recevoir, mais surtout, plaisir d'offrir. Votre sourire est mon cadeau. Et sinon, parlez-moi de ce *Friends*, ça m'a l'air très intéressant.

– 15 –

Alors que le miroir me renvoie l'image d'une femme épuisée et tendue, je me dis que j'aurais dû accepter les invitations à dîner de Sam ou de ma mère. Cela m'aurait peut-être évité de tourner en rond dans mon appartement, puis dans mon lit, à imaginer le déroulement de cette journée.

Cela dit, un visage blafard et cerné, c'est au fond le cadet de mes soucis. Ma crainte est surtout de ne pas réussir à tenir debout, de m'écrouler, et ce dans tous les sens du terme.

Hier encore, alors que je descendais du train, j'ai reçu un appel de mon avocate, que je ne connais que par téléphone, m'invitant à venir la rencontrer afin de préparer l'audience. Mais, une fois encore, j'ai décliné la proposition.

Je ne veux pas être préparée. L'idée même m'est insupportable. Je vois derrière le mot comme une forme d'acceptation. Je refuse d'accepter.

J'ai toutes les peines du monde à enfiler mon pantalon et à en attacher les trois boutons. Le tremblement persistant de ma main droite m'oblige même à renoncer à la queue-de-cheval initialement prévue.

Je voudrais que tout ceci ne soit qu'un mauvais rêve. Je voudrais que ma petite fille surgisse soudain derrière moi en chantant, me racontant combien le concert de Louane était extraordinaire-super-méga-génial, me suppliant d'y retourner avec elle parce qu'il paraît qu'il reste encore des places pour les dates suivantes.

Si je me retourne, je suis presque certaine que je pourrai voir son visage éclairé de son grand sourire aux deux dents manquantes.

Mais je ne me retourne pas. Parce que quelle que soit ma sensation, je ne pourrai pas prendre ma petite fille dans mes bras et la serrer fort.

Parce que Meryl est morte.

Parce que c'est lui qui l'a tuée.

Luttant contre les larmes, j'attrape mon sac à main, mes clés et quitte cet endroit dans lequel je viens de décider que je ne reviendrai pas.

* * *

L'édifice est imposant. Une vingtaine de larges marches blanches, un parvis en dalles parfaitement alignées, six immenses colonnes et au-dessus une inscription : « PALAIS DE JUSTICE ».

Alors que je me tiens en bas des marches, cherchant l'énergie pour avancer et pénétrer dans le bâtiment, une main se pose sur mon épaule.

— Bonjour ma chérie, ça me fait plaisir de te voir.

Je tourne la tête vers ma mère et c'est lui que je vois aussitôt. Mon frère, Xavier. Elle lui ressemble tant. C'est l'une des raisons pour lesquelles j'ai réduit nos rencontres à leur portion congrue. Parce que chaque fois que je la regarde, c'est inexorablement vers lui que mon esprit s'envole. Elle n'y est pour rien, je le sais, mais cette ressemblance ravive en permanence sa perte et pour l'instant je ne parviens pas à surmonter cette première impression.

— Bonjour maman.

Mon malaise est perceptible autant que sa peine. Soudain je réalise que ce ne sont pas deux personnes que j'ai perdues, mais quasiment trois tant la distance est grande entre ma mère et moi aujourd'hui. Certes nous n'avions pas une relation fusionnelle comme celle que je pouvais avoir avec Xavier, mais nous nous entendions plutôt bien. J'ai l'impression que cela remonte à une éternité.

— Comment te sens-tu ? demande-t-elle d'une voix déjà tremblante.

— Je me sens… Tout ça, c'est beaucoup d'émotions qui se bousculent. De la peine, de la colère, beaucoup de colère. Et de la lassitude… Je suis fatiguée, maman, tellement fatiguée. Par toutes ces nuits sans sommeil, par toutes ces nuits sans ma petite fille.

— Oh ! Roxane…

Elle me prend dans ses bras, instinctivement je ferme les yeux et Xavier s'éloigne. Il n'y a plus que l'odeur de maman, celle du parfum fleuri qu'elle porte depuis toujours. Et c'est aussitôt une digue qui cède, libérant un torrent de larmes.

— Je ne sais pas si je vais y arriver, maman. Je ne sais pas. Je…

— Je sais, ma chérie, je sais. Aucune mère ne devrait vivre la perte de son enfant, aucune. Si je le pouvais, je te jure que je donnerais tout pour qu'on te rende ta petite fille. Même si je devais rester dans le deuil de Xavier. Mais tu ne peux pas t'arrêter de vivre, tu as encore tellement d'années devant toi, tellement de choses à construire ou à reconstruire. C'est pour ça que ta présence ici est si importante.

— Il n'y a rien devant moi. Rien que des années vides. Des tas et des tas d'années vides. Et si je suis là aujourd'hui, c'est pour le dire à celui qui en est responsable. Rien d'autre.

Je me libère de son étreinte et puise dans toute ma colère pour gravir une à une les marches qui mènent vers le tribunal.

* * *

Il règne à l'intérieur du bâtiment un silence qui me saisit autant que la froideur des lieux. La salle des pas perdus porte bien son nom : de nombreuses personnes sont là à arpenter les dizaines de mètres de ce gigantesque hall. Mon regard ne se pose pas sur ceux qui ont revêtu leur robe noire d'avocat, il scrute les autres. Et si c'était lui ? me demandé-je en dévisageant un grand type barbu en costume sombre. Ou alors lui, là, avec ses petites lunettes et ses cheveux frisés.

— Madame Galland ?

— Oui.

— Maître Ruellan, se présente une femme en me tendant la main. Les audiences correctionnelles vont bientôt débuter. Notre affaire devrait être appelée dans les premières.

Le langage juridique de mon avocate me heurte violemment. Pas la moindre émotion, pas la moindre compassion. La mort de ma fille et celle de mon frère sont réduites à une simple affaire parmi d'autres.

Dans cette salle d'audience, des personnes poursuivies pour excès de vitesse ou conduite sans permis vont côtoyer celui qui va devoir rendre des comptes pour la mort de deux personnes.

Le juge va passer d'un dossier à l'autre sans sourciller, puis il rentrera chez lui avec le sentiment du devoir accompli. Alors que, pour nous, il en ira tout autrement.

Le bruit des portes qui s'ouvrent interrompt le cours de mes pensées ainsi que les allées et venues dans le hall. Comme dans un ballet lent et silencieux, chacun se dirige vers la salle d'audience, le visage fermé et crispé.

C'est peut-être lui, pensé-je en suivant du regard un homme de taille moyenne portant une chemise noire.

Ma mère me fait signe et je me résous à venir m'asseoir près d'elle. En ce lieu, on ne met pas les bons d'un côté et les méchants de l'autre. Nous sommes tous mélangés, coupables comme victimes, attendant qu'on nous appelle.

Une sonnerie désagréable et stridente retentit, toute l'assistance se lève pour saluer l'arrivée de trois juges, qui tiennent chacun dans les bras une pile de dossiers. Ils portent cette robe qui m'a toujours impressionnée, et je ne peux m'empêcher de me demander si elle pèse lourd sur leurs épaules, aussi lourd que la responsabilité de décider d'une culpabilité ou non.

Les magistrats s'assoient et nous les imitons. Une nouvelle fois, je suis frappée par le silence qui, curieusement, au lieu de m'apaiser comme je l'avais pensé, accélère mes battements cardiaques.

L'un des juges, sans doute le chef des deux autres, appelle un dossier ; une personne se lève, suivie par son avocat et se place devant la barre.

— Monsieur Veroit, vous êtes poursuivi pour avoir, à Neuville-Saint-Pierre, le 17 mars 2019 à 20 h 30, et depuis temps non couvert par la prescription, été contrôlé positif au cannabis alors que vous étiez au volant d'un véhicule terrestre à moteur…

Parce que ce n'est pas mon histoire, très vite mon esprit décroche. J'entends les sons mais ne capte plus les mots. À côté de moi, ma mère se tient parfaitement droite, les mains posées sur ses genoux. Je profite du fait qu'elle a le visage entièrement tourné vers ce qui est en train de se dérouler devant nous pour l'examiner. Cela fait plusieurs mois que nous ne nous sommes pas vues et je ne peux que constater à quel point elle aussi est marquée par le chagrin. Elle a dû perdre une dizaine de kilos. Elle qui n'avait pas de problème de poids flotte désormais dans ce tailleur que je lui ai vue porter des dizaines de fois. Elle semble aussi avoir pris dix ans depuis ma dernière visite.

J'imagine qu'elle doit en penser autant de moi. Je ne me souviens plus de la dernière fois où je me suis maquillée et de nombreux cheveux blancs strient à présent de manière bien visible ma chevelure châtaine. À plusieurs reprises je me suis dit qu'il fallait que j'aille chez le coiffeur, sans en trouver le courage.

Pendant près de deux heures, les dossiers passent du dessus au côté de la pile, des personnes se lèvent, d'autres se rassoient, le juge expose des faits, raconte des histoires auxquelles je ne m'intéresse pas. Quand soudain :

— J'appelle madame Stéphane Jamin.

Aussitôt, ma mère attrape ma main et la serre à m'en faire mal. Je tourne la tête de tous les côtés. C'est bien une femme de taille moyenne aux cheveux courts qui se lève et se dirige à son tour vers la barre d'une démarche mal assurée.

Comment ça, une femme ? Ce n'est pas possible, il doit y avoir une erreur. Ça ne peut pas être elle qui… Sans doute vient-elle à la place de son mari, oui, c'est ça, ça ne peut être que ça. Il doit être malade et elle le représente.

La main de ma mère n'a pas lâché la mienne. Pourquoi ne semble-t-elle pas surprise, elle ?

— Madame Jamin, vous êtes poursuivie pour avoir, à Aubin-sur-Seine, le 19 mars 2019, et depuis temps non couvert par la prescription, étant conducteur d'un véhicule terrestre à moteur, par un manquement à une obligation de prudence ou de sécurité imposée par la loi ou le règlement, en l'espèce en roulant à une vitesse excessive et en ne marquant pas l'arrêt à un panneau stop, involontairement causé la mort de deux personnes, Xavier Galland et Meryl Galland…

— Nooooooon ! hurlé-je en me levant brusquement. Non, non, ce n'est pas possible, ça ne peut pas, ça ne peut pas… bredouillé-je.

Tout vacille autour de moi, je cherche à fixer mon regard sur quelqu'un ou quelque chose, sans succès.

Les sons me parviennent assourdis, les injonctions du juge à me rasseoir, les paroles de ma mère, tout se mélange en un brouhaha peu à peu inaudible.

J'ai beaucoup de mal à respirer, j'ai la sensation de suffoquer. Il fait chaud, trop chaud, et ces murs qui tournent de plus en plus vite, j'ai mal au cœur, je ne me sens pas bien, il faut que je sorte…

Et puis, plus rien.

* * *

— Roxane ? Roxane ? Ma chérie, comment te sens-tu ?

La voix inquiète et lointaine de ma mère me parvient à peine.

— Ouvre les yeux, Roxane.

Au prix d'un effort qui me paraît surhumain, je parviens à soulever mes paupières. Ma mère, dont les contours du visage sont encore flous, se tient au-dessus de moi.

J'ai mal à la tête et tandis que les images se stabilisent peu à peu, je suis prise d'une violente nausée. J'ai à peine le temps de tourner la tête vers la droite avant de vomir.

— C'est normal, ne t'inquiète pas. Les médecins nous ont prévenus que tu serais sans doute malade. Ils ont dû te poser une perfusion.

— Où suis-je ? demandé-je d'une voix pâteuse, incommodée par l'acidité de la bile et la rugosité du drap qui me recouvre.

— Tu es à l'hôpital, Roxane. Tu as fait un malaise au tribunal. Tu as perdu connaissance pendant plusieurs minutes. Il a fallu appeler les pompiers, j'ai eu si peur !

Le tribunal. Le procès. Cette femme…

Je me redresse d'un coup dans mon lit, beaucoup trop vite pour ne pas déclencher un vertige et me faire de nouveau vomir.

— Calme-toi, ma chérie. D'ici une ou deux heures tu te sentiras mieux.

— Le procès… Il faut…

— Ne vous inquiétez pas, madame Galland, m'indique mon avocate que je n'avais pas vue et qui se trouve avec ma mère dans la chambre. J'ai réussi à obtenir que le juge examine le dossier en fin d'audience. Cela vous laisse quelques heures pour vous remettre et vous évite surtout un renvoi de plusieurs semaines. Ce n'est pas habituel mais je crois que le juge, même s'il ne le montre pas parce qu'il n'en a pas le droit, est touché par votre affaire.

— Cette femme… Le conducteur de la voiture, c'était une femme ?

— Oui… répond-elle, surprise, semble-t-il, par mon interrogation. Vous ne le saviez pas ? Pourtant c'était noté dans le dossier…

— Roxane, tu pleures ? s'inquiète ma mère. Tu as entendu ce que vient de dire maître Ruellan ? Le juge a accepté de ne pas renvoyer le dossier. Ne t'inquiète pas, tout sera terminé ce soir.

Je me tourne de l'autre côté pour ne plus leur faire face. Comment leur expliquer…

Stéphane.

Je n'ai jamais voulu lire les documents, n'ai jamais voulu connaître les détails de l'accident qui a coûté la vie à ma fille ainsi qu'à mon frère.

Stéphane.

Je ne me suis pas posé de question. De toute façon, seul un homme pouvait être à l'origine de l'accident.

Stéphane. Elle se prénomme Stéphane…

C'est finalement une femme qui est responsable de tout ça. Une femme. Peut-être même une mère, comme moi, enfin, comme je l'étais.

Je suis fatiguée. Je ferme les yeux et, sans doute aidée par le goutte-à-goutte qui coule dans mes veines, finis par m'assoupir.

– 16 –

Deux heures plus tard, je me sens nettement mieux. Du moins physiquement. S'il ne me restait pas cette migraine, je pourrais même croire que j'ai rêvé ce malaise.

Maître Ruellan a dû retourner au palais de justice pour suivre le cours des audiences. Elle nous a indiqué il y a quelques dizaines de minutes qu'il restait encore trois dossiers avant le nôtre. Elle nous attend d'ici 17 heures.

— Tu le savais, maman ? demandé-je tout en boutonnant les pans de ma veste.

— Je savais quoi ?

— Que le conducteur était en réalité une conductrice. Une femme.

— Euh… Oui, bien sûr que je le savais. Tout était écrit dans le dossier. Pourquoi ?

Elle semble sincèrement surprise par ma demande.

— Et ça ne te gêne pas ? Tu trouves que ça ne change rien ?

— Pourquoi est-ce que le sexe du conducteur changerait quelque chose ?

Je ne trouve rien à répondre. Je ne sais pas comment expliquer ce que je ressens. Pourtant, ça change tout.

Il est à peine 16 heures lorsque nous sommes de retour au tribunal. Notre avocate, prévenue de notre arrivée par ma mère, nous attend sur le parvis.

— Comment vous sentez-vous, madame Galland ? Mieux ?

— Beaucoup mieux, merci.

— Il faut que je vous prévienne que le juge n'accordera pas, le cas échéant, une nouvelle suspension d'audience. À la moindre alerte, cette fois-ci il renverra le dossier. Je peux vous dire que nous avons déjà eu beaucoup de chance qu'il accepte de passer ce dossier en dernier.

— J'ai bien compris, réponds-je sèchement.

Elle et moi n'avons sans doute pas la même définition du mot « chance ». Être ici, aujourd'hui, est loin d'être une chance. Que sait-elle de la souffrance ? Que sait-elle de la douleur ? Lorsque sera venu pour elle le temps de parler devant les juges, elle utilisera probablement tous les artifices nécessaires, sur un ton affligé de quelqu'un qui sait. Mais au fond, l'agacement que je perçois chez elle en raison de la désorganisation de sa journée me prouve qu'elle ne sait rien.

Dans la salle des pas perdus, alors qu'il y a des dizaines de personnes, je ne vois qu'elle. Elle est assise, à côté de son avocate, les épaules affaissées, le visage pâle.

Est-ce qu'elle perçoit ma présence ou est-ce un hasard, toujours est-il qu'alors que je la fixe, elle lève les yeux vers moi. Refusant ce que j'y lis, je détourne la tête presque aussitôt.

* * *

— Comment vous sentez-vous, madame Galland ? me demande à son tour le juge une heure plus tard et alors qu'il ne reste plus que nous dans la salle. Si vous n'êtes pas totalement remise, comme votre conseil vous l'a sans doute expliqué, il est encore possible de demander un renvoi.

— Je suis vraiment désolée pour tout à l'heure, monsieur le juge. Je me sens beaucoup mieux.

J'hésite à ajouter qu'il est grand temps d'en finir et qu'elle doit maintenant payer mais je n'en fais rien.

À nouveau, le juge appelle la prévenue. À nouveau, il lui fait lecture des faits qui lui sont reprochés. Les battements de mon cœur sont rapides, je suis incapable de maîtriser les tremblements de ma jambe droite, mais je tiens bon.

— Madame Jamin, pouvez-vous nous expliquer les circonstances de cet accident ?

— J'étais sur le parking de mon lieu de travail, je m'apprêtais à monter dans ma voiture après ma garde de nuit – je suis infirmière en service de réanimation –, lorsque j'ai reçu un appel du centre périscolaire où mon mari dépose ma fille chaque matin avant de prendre son train. Ma fille venait de faire une chute et en tombant sa tête avait heurté violemment un coin de table. Elle était ouverte et apparemment en état de choc. Ils savent que je suis infirmière, alors ils m'ont appelée. Le centre n'est pas très loin de l'hôpital dans lequel je travaille, je leur ai dit que j'arrivais tout de suite. J'étais inquiète. Et sans doute éprouvée par ma garde au cours de laquelle nous avions perdu plusieurs patients. Des commotions cérébrales, j'en vois tous les jours ou presque, je ne sais que trop bien combien cela peut être grave. Je ne me suis pas rendu compte que je roulais si vite. Je ne faisais pas attention, je ne pensais qu'à être auprès de ma fille. Je… Je n'ai pas vu le stop. Je n'ai pas vu la voiture qui arrivait sur ma droite. C'est entièrement ma faute.

Sa voix se brise. Elle sort de sa poche un mouchoir qu'elle utilise pour essuyer ses yeux. Je la regarde faire sans un mot alors que j'ai envie de hurler.

— Les différentes analyses réalisées à la suite de l'accident, poursuit le juge, se sont révélées négatives. Vous n'étiez pas sous l'emprise de l'alcool, ni sous celle d'aucune autre substance.

— Je ne bois pas. Je n'ai jamais aimé le goût de l'alcool.

— Très bien. Je crois que les circonstances de l'accident, bien que tragiques, sont assez simples et claires. Avez-vous quelque chose à ajouter, madame Jamin, avant que la cour ne se retire pour délibérer ?

— Je… hésite-t-elle. Je voudrais dire combien je suis dévastée depuis cet accident. Je ne dors plus, je prends des antidépresseurs, je suis en arrêt parce que incapable de faire correctement mon travail. Savoir que je suis responsable de la mort de deux personnes, dont une petite fille qui avait le même âge que celui de ma fille aujourd'hui… Je sais combien madame Galland et sa mère doivent souffrir…

Une bouffée de colère me suffoque. Comment peut-elle oser dire ça alors que d'ici une heure, elle, elle retrouvera sa fille, la serrera dans ses bras en lui demandant comment s'est passée sa journée ?

Je tourne la tête vers ma mère et ce que je déchiffre sur son visage m'horrifie et ravive ma nausée. Elle est touchée par les mots de cette femme.

Je comprends soudain pourquoi le fait que ce soit une conductrice et non un conducteur change tout. La compassion.

Le visage de ma mère n'aurait rien reflété de tel si à la barre nous avions un homme, roulant trop vite, ayant peut-être bu un ou deux verres d'alcool, ne se préoccupant de rien d'autre que de sa petite personne. Il aurait été plus facile de ne pas voir l'être humain derrière le salaud.

Alors que là, il s'agit d'une femme, d'une mère…

Je refuse de ressentir de la pitié pour elle. En tuant les deux personnes les plus importantes au monde pour moi, elle en a perdu le droit.

— Maître Ruellan, je vous laisse la parole pour les parties civiles.

— Merci, monsieur le juge. Si les faits qui viennent de nous être relatés, avec beaucoup de tremolos dans la voix, sont constitutifs d'un accident, il n'en demeure pas moins que plusieurs manquements ont été commis et qu'ils ont causé la mort de deux personnes qui n'avaient d'autre tort que de se trouver en cet endroit, à cet instant, ce jour-là…

Le visage de Xavier, le sourire de Meryl, toutes ces soirées passées tous les trois à rire, à jouer à des jeux de société. Ces après-midi à écouter Meryl chanter dans sa chambre, à répéter inlassablement le même couplet jusqu'à ce que l'intonation lui convienne parfaitement. La douce chaleur de son petit corps pelotonné contre le mien lorsqu'elle se glissait dans mon lit après avoir fait un cauchemar.

Certains souvenirs sont encore très nets, d'autres perdent de leur clarté avec le temps et laissent la place à des émotions plus diffuses.

— … C'est la raison pour laquelle nous réclamons, à titre de dommages-intérêts, la somme de cinquante mille euros, conclut maître Ruellan.

Je me rappelle vaguement avoir entendu ma mère mentionner ce chiffre. Un euro ou cinquante mille, peu m'importe. Aucune somme ne me ramènera ni ma fille ni mon frère. Aucun argent n'atténuera la colère que je ressens en présence de cette femme.

— Merci, maître. La parole est au ministère public.

Un type se lève sur ma gauche, l'air grave et sérieux.

— Causer la mort de deux personnes n'est jamais un acte anodin et ne doit jamais le devenir. Madame Jamin nous l'a dit elle-même, elle n'a pas fait attention. Ni à la vitesse, ni au stop, ni à la voiture qui arrivait. Or faire attention, c'est précisément ce que l'on attend d'un conducteur de voiture. Parce que c'est cette attention qui permet d'épargner des vies, à commencer par la sienne. Cela étant dit, nous sommes malgré tout dans le cadre d'un accident, causé par une conductrice sans antécédent et qui n'était sous l'emprise d'aucune substance de quelque nature. À ce titre, il nous semble qu'une certaine clémence ne serait pas choquante et c'est pourquoi le ministère public requiert une peine de six mois d'emprisonnement entièrement assortie d'une période de sursis. Comme je l'ai dit en préambule, pour le ministère public, la mort de deux personnes n'est jamais anodine, et la douleur des victimes ici présentes est là pour en témoigner, pour autant cela ne doit pas conduire à sanctionner un comportement à l'excès. Je vous remercie.

Six mois…

Je ne savais pas à quoi m'attendre mais ce réquisitoire, c'est comme un coup dans l'estomac. Six mois pour avoir ôté la vie de deux personnes. Seulement six mois, rien que six mois.

Et puis après, il se passe quoi ? Chacun reprend une vie normale, c'est ça ? On tourne la page et on fait comme si de rien n'était ? On commence à réfléchir à Noël et aux cadeaux qu'on va offrir ?

Pour elle peut-être. Sauf que pour moi, dans six mois, rien n'aura changé. Les absents seront toujours morts et les présents, toujours en pleurs.

— Le tribunal se retire pour délibérer. L'audience reprendra d'ici une heure, annonce le juge avant de se lever.

— Ça va aller, ma chérie ? me demande ma mère trois minutes plus tard alors que je n'ai toujours pas bougé de mon banc.

Non, ça ne va pas aller. Comment voudrait-elle que ça aille ? Ma fille unique et mon frère jumeau sont morts et ça, c'est la réalité pour le reste de ma vie.

Alors que pour celle qui les a tués, ce ne sera l'affaire que de quelques mois, d'une ligne sur le casier judiciaire qui n'y paraîtra d'ailleurs plus dans quelques années.

Je ne voulais pas venir, je ne voulais pas assister à tout ça, à cette mascarade judiciaire, je savais qu'il n'y aurait rien de bon pour moi dans cette salle d'audience.

— Tu veux aller prendre l'air ?

Non, je ne veux pas aller prendre l'air ! Parce qu'il n'y a plus que moi pour le respirer, ce foutu oxygène, et que chaque inspiration me le rappelle douloureusement.

— Dis-moi quelque chose, je t'en supplie.

Je tourne la tête vers ma mère dont les traits crispés trahissent la sincère inquiétude.

— Allons-nous-en.

— Comment ça ?

— Quittons cet endroit. Tu les as entendus tout à l'heure ? Xavier, Meryl… Ils s'en moquent. Tout ça est bien trop grand pour leur foutu code pénal. Il n'y a plus rien pour nous ici.

— Mais…

— Tu fais ce que tu veux, maman, je ne t'impose rien. Mais, en ce qui me concerne, je ne tiens pas à rester plus longtemps ici. Je ne tiens pas à entendre une nouvelle fois, énoncé à voix haute, le peu de valeur que pouvaient avoir leurs vies.

Joignant le geste à la parole, je rassemble mes affaires et me lève brusquement, reléguant aussi loin que possible les vertiges et la nausée qui m'assaillent aussitôt.

Puis, sans me retourner, alors même que je sais que ma mère ne me suivra pas, je quitte le palais de justice.

– 17 –

— Que vas-tu faire maintenant ?

Il était tard lorsque j'ai envoyé un message à Sam pour savoir si elle pouvait m'héberger pour la nuit. Après avoir marché pendant plusieurs heures sans destination particulière, je n'avais pas envie de me retrouver seule dans une chambre d'hôtel.

— Je ne sais pas trop. Je vais vendre mon appartement, je crois.

— Vendre ton appartement ? Mais pourquoi ? Tu l'aimes tellement, cet…

— Je l'aimais, oui. Mais aujourd'hui il me rappelle beaucoup trop les moments passés avec Meryl. Lorsque j'en ai fermé la porte ce matin, je me suis promis que je n'y mettrais plus les pieds. Il était temps.

Sam remplit à nouveau ma tasse de thé. Bien qu'il soit brûlant, j'en avale une gorgée.

— Ça t'ennuie si je prends quelques jours de congés ? demandé-je soudain.

— Non, bien sûr que non. Je t'ai proposé plusieurs fois de t'arrêter, alors bien entendu que tu peux prendre un peu de vacances.

— Merci.

— Mais… si tu ne veux plus mettre un pied chez toi, tu vas aller où ? Tu vas faire quoi ? Tu peux rester ici autant de temps que tu le souhaites si jamais…

— Je vais renouer avec ce qui m'a toujours apaisée. Je vais prendre un avion et partir à l'autre bout du monde.

* * *

Il ne m'a pas fallu longtemps pour choisir la destination. Il n'y a qu'une seule ville au monde capable de m'apporter la force nécessaire pour continuer, une seule ville dans laquelle je me suis toujours sentie incroyablement vivante.

Après sept heures d'un vol de nuit sans encombre, deux de plus à attendre – dans un silence qui m'impressionne chaque fois – pour passer les contrôles de sécurité, puis un trajet en train qui m'a paru interminable, je suis enfin arrivée.

New York.

Cette ville dont je suis tombée instantanément amoureuse il y a seize ans alors que j'y mettais les pieds pour la première fois lors d'un voyage scolaire.

New York.

Cette ville qui ne dort jamais, qui vit sur un rythme effréné et dans laquelle pourtant je me sens sereine.

J'ai réservé une chambre dans un hôtel charmant et tranquille que je connais bien, situé à deux pas de Times Square et de toute sa folie. Mais, alors que je quitte la gare centrale, je décide que je m'y rendrai plus tard. Avant, j'ai besoin d'autre chose. Je prends le métro sans avoir besoin de trop réfléchir, privilège de ceux pour qui New York est une vieille copine, pour me rendre là où je pourrais rester des heures, assise à contempler le ciel et à profiter de cette bulle de quiétude au cœur même d'un environnement urbain saturé de bruits de sirène.

J'ai à peine franchi les limites de Central Park que j'enlève mes chaussures pour fouler l'herbe de cet endroit unique en son genre. Il fait encore assez froid en cette saison, un frisson me parcourt presque aussitôt mais peu importe. Aucune sensation de fraîcheur ne me fera renoncer à la décharge d'endorphine que me procure cet instant. Soudain, je réalise à quel point cette ville m'a manqué.

Je marche ainsi, pieds nus, pendant de longues minutes avant de m'asseoir à même le sol et de m'allonger. Bien que je sois venue ici des dizaines de fois, j'accueille toujours avec surprise le silence qui règne dans ce parc.

À cette heure de la journée, en pleine semaine, il n'y a pas grand monde, quelques personnes sont assises sur une couverture, un livre ouvert sur leurs genoux, d'autres participent à un cours de yoga en pleine nature. Les New-Yorkais sont très attachés à ce parc et je ne peux que leur donner raison.

J'ouvre mon sac à main, posé à côté de moi, pour en extraire un paquet de mouchoirs afin d'essuyer les larmes qui se sont mises à couler sur mes joues. Alors que je fouille sans succès – on ne trouve jamais ce dont on a besoin –, je sens sous mes doigts l'étui du stylo offert par Gwenole.

J'oublie les mouchoirs et sors le stylo, prise d'une envie irrépressible d'écrire. J'extrais de ma valise le calepin que j'ai toujours avec moi, déformation professionnelle oblige, et commence à rédiger une lettre.

Cher Gwenole,

Vous ne devinerez jamais où je suis ! En même temps, comment le pourriez-vous puisque je ne vous ai jamais parlé, il me semble, de mon amour pour cette ville. Je suis à New York ! Cela faisait des mois que je n'y avais pas mis les pieds et je viens de réaliser à quel point elle m'avait manqué. Je dis elle *parce qu'elle est pour moi comme une vieille amie dont je ne prends pas suffisamment de nouvelles mais que je retrouve chaque fois comme si je l'avais quittée la veille.*

Y êtes-vous déjà allé ? J'entends souvent dire qu'en ce qui concerne New York, il n'y a pas de demi-mesure, soit on l'adore, soit on la déteste. Étrangement, dans les deux cas pour les mêmes raisons, je crois.

Tout ici est démesuré, il n'y a pas vraiment de logique, chaque rue est différente de l'autre et c'est comme un nouvel univers à découvrir à la moindre intersection.

J'ai rencontré ici une frénésie, une énergie de vie que je n'ai retrouvée nulle part ailleurs avec autant d'intensité. Même si je connais très bien la ville, je suis chaque fois excitée à l'idée des nouvelles découvertes que je vais y faire. Parce que oui, il y a toujours un quartier, une rue, un détail auquel je n'avais pas prêté attention les fois précédentes.

Ça va sans doute vous sembler étrange mais quand j'arrive à New York, je me sens chez moi.

Je vais rester ici quelques jours, je ne sais pas vraiment combien. À vrai dire, je n'ai pas encore pris de billet retour. N'ayez pas peur, je vais finir par revenir ! J'ai juste besoin d'un peu de temps, c'est tout.

J'espère qu'Oxford va bien, qu'il ne souffre plus trop de sa patte arrière et que Neige ne souffre pas trop de la solitude dans son panier devant ma chambre.

Prenez bien soin de vous.
Affectueusement,
Roxane

P-S : Merci encore pour le stylo, sa plume glisse à merveille sur le papier. Je comprends pourquoi votre épouse l'aimait tant.

Avant de me rendre à l'hôtel et d'essayer de dormir un peu, je reste de longues minutes à contempler la lumière déclinant sur les eaux du lac Jacqueline-Kennedy. Je ne peux m'empêcher de sourire à la vue de deux écureuils qui courent dans les feuilles à quelques mètres de moi.

Jamais je ne me lasserai de cet endroit. Je n'ai qu'un seul regret, celui de ne pas y avoir emmené ma fille. Maintenant, il est trop tard.

– 18 –

J'ai toujours aimé arpenter les rues, marcher pendant des heures, à regarder tout autour de moi, à respirer les odeurs, à enregistrer les images. Il n'y a pour moi pas de meilleure manière de découvrir une ville. Et c'est encore plus vrai pour New York. Bien entendu, il y a des stations de métro partout, mais quel intérêt ? Dans les couloirs des souterrains, il n'y a rien à voir.

Alors je marche, du matin au soir, m'arrêtant au gré de mes envies sur un banc ou dans un café. Je retourne dans les endroits que je connais presque par cœur mais que j'adore, le Chelsea Market, la High Line, le Rockefeller Center. Je joue les touristes, je prends des dizaines de photographies.

Tout cela m'aide à repousser les émotions qui sans cesse m'assaillent.

Cher Gwenole,

Ce soir, pour la première fois, je suis allée voir une comédie musicale à Broadway. Étonnamment, je n'en avais jamais pris le temps. Pourquoi, je n'en sais trop rien.

J'ai pu avoir une place de dernière minute pour un classique, Les Misérables. *Je peine à trouver les mots pour retranscrire le spectacle, la qualité des voix et des interprétations. Je n'ai pas quitté la scène des yeux une seule seconde. Je me demande même si je n'ai pas loupé trois ou quatre respirations.*

Je suis certaine que vous auriez adoré !

Meryl aussi, ne puis-je m'empêcher de penser. Elle me parlait sans cesse de Broadway, me répétant qu'un jour elle y tenterait sa chance. Elle avait vu qu'on pouvait se faire repérer en travaillant dans l'un de ces restaurants qui font chanter leurs serveuses.

J'avais décidé d'aller dîner dans l'un d'entre eux il y a deux jours, le Ellen's Stardust Diner. Mais une fois devant la porte, j'ai été incapable de la pousser pour y entrer.

Ma fille me manque tellement.

Je prévois demain d'aller admirer la statue de la Liberté. C'est sans doute incroyablement cliché, tant on la voit dans le moindre film ou reportage, mais je peux vous assurer que lorsqu'on est au pied de son socle et qu'on lève les yeux vers la flamme qu'elle tend, la sensation est unique.

Je vous raconte tout ça alors que si ça se trouve vous connaissez vous-même New York comme vos cravates.

Je vous embrasse.

Roxane

* * *

Déjà près de dix jours que je suis partie. Dix jours que mon téléphone portable est éteint, car je crains d'y découvrir des messages de ma mère que je ne suis pas prête à entendre.

Malgré tout, quel que soit le nombre de kilomètres que j'ai mis entre le lieu de l'accident et moi, rien ne m'en éloigne vraiment. Hier, alors que je marchais sur le pont de Brooklyn, j'ai entendu le rire d'une petite fille. Il était si semblable à celui de Meryl qu'un instant j'ai cru que c'était elle. Je me suis retournée aussitôt, la cherchant des yeux, prise de l'espoir complètement fou que peut-être… Bien entendu ce n'était pas Meryl.

Il m'a fallu de longues minutes cette fois pour réussir à repousser l'émotion et parvenir à reprendre mon itinéraire.

Cher Gwenole,

Vous avez sans doute déjà reçu mes courriers. Pourtant, je sais qu'ils ne contiennent pas les informations que vous attendez et que je vous ai promises. J'ai cru que ne rien en dire peut-être éloignerait... Qu'une histoire dont on ne parle pas finit par ne plus exister.

Mais il n'en est rien. Même ici à l'autre bout du monde, dans cette ville que j'aime plus que tout, la réalité reste la même.

De l'auteur de l'accident, je ne connaissais que le nom et le prénom. Je n'avais pas voulu lire, pas voulu connaître les détails de cette journée. Je savais juste qu'il s'appelait Stéphane Jamin et ça me suffisait pour le haïr. Sauf que la vie avait sans doute décidé qu'elle n'en avait pas fini avec moi.

Ce conducteur que je croyais être un homme s'est avéré être une femme. Une mère, qui plus est. Une infirmière inquiète pour sa fille qui roulait trop vite pour aller la récupérer après une mauvaise chute.

Homme ou femme, c'est sans doute un détail pour vous, mais pour moi... Vous l'auriez vue derrière la barre, expliquant combien elle était désolée, qu'elle ne dormait plus depuis, qu'elle prenait des médicaments pour tenir... Mais que croyait-elle ? Que j'allais avoir pitié ? Que j'allais lui tendre un mouchoir ? Qu'elle ait eu l'espoir d'obtenir ma compassion me révolte ! Par loyauté envers Meryl et Xavier, c'est hors de question. Savoir qu'elle peut, elle, rentrer chaque soir chez elle et serrer sa fille dans ses bras me remplit de colère. Elle peut raconter tout ce qu'elle veut sur ses sentiments, il n'empêche qu'elle n'a perdu personne, qu'elle n'est pas celle qui se retourne sur un pont parce qu'elle croit avoir entendu le rire de sa fille et qu'elle a l'espoir fou que celle-ci n'est peut-être pas morte...

J'ai quitté le palais de justice avant l'énoncé du verdict. À quoi bon ? Pour le procureur de toute façon, deux vies ne valaient pas plus de six mois avec sursis.

Peut-être qu'elle a réussi à émouvoir tout le monde, peut-être même qu'elle a été acquittée finalement, qui sait.

Si elle a obtenu de la clémence de la part du tribunal, qu'elle ne compte pas sur moi pour les suivre sur ce terrain. Jamais je ne cesserai de lui en vouloir et de la maudire pour ce qu'elle a fait. Jamais.

Prenez soin de vous.

Roxane

P-S : Je serai de retour dans trois jours. La fuite n'est qu'une illusion.

– 19 –

— Roxane ! Tu es rentrée ! Je suis trop contente ! Monsieur Gwenole m'a dit que tu étais à New York ! Nan mais New York, quoi ! Comment j'ai trop envie d'y aller ! Ça doit être tellement trop bien ! Est-ce que tu as croisé des stars ? J'ai demandé à papa si on pouvait y aller cet été mais avec l'hôtel et les chiens, il m'a répondu que c'était trop compliqué. Franchement, si je dois attendre d'avoir dix-huit ans, ça va juste prendre mille ans, quoi.

— Bonjour Albane. Moi aussi, je suis contente de te voir. Je comprends complètement ta frustration concernant New York. C'est une ville extraordinaire.

— Être adolescente, crois-moi, ça craint.

Bien que fatiguée par le voyage et le décalage horaire, je ne peux réprimer un éclat de rire. Comme chaque fois, Albane a ce pouvoir de me faire me sentir mieux.

— Je me disais bien que cette voix ne m'était pas inconnue ! Ma chère Roxane ! Bien que vous m'affirmiez le contraire dans votre première lettre, je commençais à craindre que vous restiez à jamais par-delà l'Atlantique.

— Gwenole, l'accueillé-je avec un sourire. Jolie cravate !

L'heureuse élue du jour est de couleur marron avec d'adorables motifs pandas. J'ai hâte qu'il découvre celle que je lui ai rapportée de ces quelques jours passés à New York.

Un aboiement enthousiaste complète le comité d'accueil. Neige remue frénétiquement sa petite queue blanche. Je me baisse pour lui faire une caresse.

— Tu lui as beaucoup manqué, m'indique Albane alors que la petite chienne s'applique consciencieusement à lécher chaque parcelle de peau de ma main.

— Ah oui ?

— Elle n'a pas cessé de grignoter des choses depuis ton départ. Papa n'est pas très content. Il va devoir faire refaire une partie du papier peint du couloir. Il a dit que si elle n'arrêtait pas, il faudrait qu'on la conduise à la SPA.

Ignorant que l'on est en train de parler d'elle, Neige stoppe son nettoyage en règle et se couche sur mes pieds avec une expiration de contentement.

Je réalise, non sans surprise, qu'elle aussi m'a manqué.

— Donne-moi ta valise, je vais la monter dans ta chambre.

Sans me laisser le temps de répliquer quoi que ce soit, Albane attrape la poignée de mon bagage et se dirige de son pas vif vers l'ascenseur.

— Vous avez aussi beaucoup manqué à la petite. Elle n'en disait rien mais elle craignait de ne plus vous revoir.

— J'avais besoin…

— Inutile de vous justifier, Roxane. J'ai reçu hier votre dernière lettre. Je comprends ce que vous devez ressentir. Si vous souhaitez ne plus parler de tout ça, je respecterai votre souhait. Mais sachez que je suis là, si vous en avez besoin.

— Pour le moment, je crois que ce dont j'ai besoin, c'est surtout d'une bonne nuit de sommeil. Je n'ai quasiment pas dormi dans l'avion et il doit être environ 4 heures du matin en ce moment à New York.

— Veuillez m'excuser, je suis là à vous retenir alors que visiblement vous peinez à garder les yeux ouverts. Bien entendu, allez-y ! Et si jamais vous émergez avant une heure trop tardive, rejoignez-moi au restaurant. J'ai des milliers de questions à vous poser. Ma femme ayant une phobie terrible des avions, nous n'avons jamais quitté le territoire français. Je n'ai donc jamais rien vu de tous les lieux que vous m'avez décrits dans vos lettres.

Il n'est pas loin de 21 heures lorsque j'ouvre un œil, constatant non seulement que j'ai dormi quasiment cinq heures d'affilée, ce qui ne m'était pas arrivé depuis très longtemps, mais aussi que je me suis allongée tout habillée sur le lit et sans doute endormie aussitôt.

Comme à son habitude, Neige est couchée en boule au creux de mon ventre. Elle n'a même pas eu le droit à un « C'est la dernière fois » pour la forme, elle comme moi savons qu'il est désormais acquis que tant que je serai ici la chienne dormira avec moi.

Les bruits caractéristiques en provenance de mon estomac me signifient qu'il est plus que temps que je me nourrisse. J'hésite un instant à prendre une douche mais la faim l'emporte.

Bien que de nombreuses tables soient encore occupées dans le restaurant de l'hôtel, je repère sans mal celle à laquelle est assis Gwenole, avantage de la cravate sans doute.

— Acceptez-vous à votre table une femme affamée et en plein décalage horaire ?

— J'ai toujours aimé les jeunes femmes qui avaient de l'appétit. De nos jours on ne voit plus que des femmes qui picorent deux bouts de salade pour répondre aux injonctions minceur de la société. C'est d'une telle tristesse ! Si vous voulez mon avis, il n'y a rien de plus agréable qu'une personne qui mange de bon cœur une assiette de bœuf bourguignon.

Un gargouillis sonore accueille cette opinion.

— J'en connais un qui est tout à fait d'accord avec vous. J'ai l'impression de ne pas avoir mangé depuis plusieurs jours tellement j'ai faim.

— Je vous recommande la spécialité du jour : un gratin de patates douces. Un pur délice.

— Je vous fais confiance. Mais, et vous ? Vous ne mangez rien ? Vous ne m'attendiez pas pour commander, j'espère ?

— Vous savez, un vieux monsieur comme moi n'a plus beaucoup d'appétit. Je me contenterai d'un café, je crois, ce soir. Et d'apprécier le spectacle de votre dégustation.

Étrange. Contrairement à ce qu'il affirme, Gwenole a plutôt un bon coup de fourchette, pour ce que j'ai pu en constater. J'espère qu'il ne couve pas quelque chose.

— Bonsoir Roxane, nous interrompt Frédéric. Alors, ce voyage à New York ?

— Très agréable, comme toujours. C'est sans doute la ville que je préfère au monde.

— À cause de vous, j'en entends parler matin, midi et soir à la maison. Mon projet d'envoyer Albane en colonie en Bretagne m'apparaît soudain comme totalement ringard.

— Qu'avez-vous contre la Bretagne ? s'insurge Gwenole. C'est l'un des paysages les plus fabuleux que je connaisse !

— Oui, enfin, en comparaison de New York… tenté-je timidement. Je peux comprendre que pour une adolescente de douze ans ce soit un peu moins excitant.

— Je suis décidément bien trop vieux pour comprendre cette jeunesse, souffle-t-il.

— Mais non ! Vous êtes le plus jeune septuagénaire que je connaisse, affirme Frédéric. Et à part ça, qu'est-ce qui vous ferait plaisir ce soir pour dîner ?

— Gwenole m'a recommandé votre gratin de patates douces alors je vais me laisser tenter.

— Vous m'en direz des nouvelles. Et vous, monsieur Gwenole ?

— Juste un café, merci.

— Vous êtes sûr ? Rien qu'un café ?

— Avec toute cette bonne cuisine que vous faites, je vais bientôt devoir faire reprendre tous mes pantalons. Il faut parfois savoir être raisonnable.

— Bon. C'est vous qui décidez. Nous disons donc un gratin de patates douces et un café.

Visiblement il n'y a pas que moi qui trouve curieux ce soudain jeûne de Gwenole.

— Alors, reprend aussitôt ce dernier, parlez-moi de cette ville qui vous fait tant vibrer. Votre enthousiasme était palpable. Un instant, vous m'avez donné envie de prendre un billet d'avion et de vous rejoindre. Un jour peut-être, ajoute-t-il, rêveur.

— Avant de vous abrutir de paroles, j'ai un cadeau pour vous.

— Un cadeau ? Mais il ne fallait pas !

— Quelle est cette phrase que vous m'avez dite l'autre jour ? « Plaisir d'offrir, joie de recevoir », c'est bien ça ? Vous ne pensiez tout de même pas que cela s'appliquait uniquement à vous ? dis-je en lui tendant un paquet.

— Je suis très touché, vraiment.

Je le regarde déballer le cadeau avec précaution, une cravate bleu roi au motif statue de la Liberté, attendant impatiemment sa réaction.

— Elle ne vous plaît pas, c'est ça ? m'inquiété-je devant son silence.

— Elle est magnifique.

Ses yeux s'embuent l'espace d'un instant.

— Ce n'est pas grand-chose. Mais en passant devant la boutique, j'ai immédiatement pensé à vous.

— C'est beaucoup, au contraire. Plus que vous ne l'imaginez. Toutes ces années, c'est ma femme qui m'offrait des cravates. Elle les choisissait avec soin, chacune plus voyante encore que la précédente.

Il sourit, je le devine égaré dans l'espace de ses souvenirs et je respecte ce moment en le laissant revenir à moi. Je décèle chez lui une pointe de tristesse supplémentaire depuis la dernière fois que nous nous sommes vus. Il s'est peut-être passé quelque chose…

— Racontez-moi maintenant ! Comment êtes-vous tombée amoureuse de cette ville ?

Alors, oubliant la fatigue, entre deux bouchées d'un gratin fondant et savoureux, je lui raconte mon New York, celui qui me fait vibrer, celui dont j'ai du mal à me remettre quand j'en pars.

Et Gwenole, comme il sait si bien le faire, m'écoute vraiment, intéressé, posant des questions, sans que sa main dont il peine à dissimuler le tremblement ne quitte un seul instant la cravate que je lui ai rapportée.

– 20 –

LES AVENTURES DE ROXANE EN VOYAG'ELLES

« Fallait rester zen, soyons zen… »

Il paraît que le stress est devenu le mal du siècle et qu'il a détrôné le mal de dos. Oui, parce que quand on est un mal, le Graal, c'est d'être LE mal et pas une simple petite broutille que l'on dégage en trois coups de cuillère à pot, cataplasmes ou antidouleurs.

Et comme contre le désormais ringard mal de dos, la société tout entière lutte maintenant contre le stress. Tout y passe : la musique zen (le bruit de l'eau qui coule et qui invariablement donne envie de faire pipi), le coloriage pour adultes (ou la découverte qu'il n'existe pas une mais douze teintes de jaune) en passant par tout un tas de gadgets lumineux à fort risque de crise d'épilepsie.

Vous allez me dire, quel est le rapport avec le voyage ? Pourquoi aborder ce sujet ? Tout simplement parce que le voyage nous réserve tout un tas de découvertes, et pas seulement des paysages à prendre en photo. Et aujourd'hui, je vous propose de découvrir un lieu entièrement dédié à la lutte contre le stress, dans lequel je viens de passer une journée complète : un complexe zen et détox. Tout un programme, non ?

Dès le hall d'entrée, le « curiste » est plongé dans un appel à la détente : couleurs claires, nombreuses plantes vertes, verrières laissant entrer la lumière et, sur les murs, de nombreuses citations se voulant inspirantes, probablement issues de la philosophie bouddhiste.

Avant d'accéder aux différents espaces du complexe, il faut se dévêtir et enfiler un peignoir blanc symbolisant la pureté. Peignoir assorti des traditionnels chaussons en mousse, blancs également. Fort heureusement, on est autorisé à porter son propre maillot de bain sous le peignoir, sans que celui-ci ne doive passer par une inspection antistress ou une dépollution karmique.

C'est donc revêtue de la tenue officielle du curiste en recherche de zen attitude que j'ai pénétré dans l'enceinte du lieu, impatiente de découvrir les différentes activités proposées.

Beaucoup d'entre elles se passent dans l'eau, d'où le maillot de bain : plusieurs bassins de nage à des températures différentes, de très fraîche à acceptable, dans le but de détoxifier vos muscles (ou de vous coller une bronchite), des salles de bains de vapeur (pour pousser comme la pâte à brioche), des salles hydromassantes…

Il est également possible d'agrémenter sa journée de massages en tout genre pour chaque zone du corps ou presque : massage du ventre aux pierres chaudes, massage de la cheville aux graines de courge ou encore massage de la paume de la main droite à l'huile de coco.

Comme il y a beaucoup de possibilités et qu'on ne sait que choisir, l'institut a mis au point un parcours type pour curiste novice permettant d'optimiser sa journée.

Donc, en bonne curiste novice, mais néanmoins curieuse, j'ai suivi ce parcours type.

Voici ce que cela a donné (à peu près)…

9 h 30

D'abord, les bassins de nage. Il y en a quatre, du plus froid au plus chaud (enfin, « plus chaud »… ne nous emballons pas). Innocente et novice curiste que je suis, je ne prends aucune précaution lorsque je m'immerge dans le premier. La mention « 20 DEGRÉS » était pourtant bien inscrite sur le dépliant mais mon esprit n'a, il faut croire, pas assimilé cette information pourtant cruciale.

Cette immersion s'est donc accompagnée d'un petit cri caractéristique que vous pouvez écouter en regardant la séquence de *Titanic* où Rose doit elle aussi plonger dans une eau glacée (mais curieusement turquoise) armée d'une hache pour aller délivrer son Jack chéri.

9 h 45

Je nage. Je nage. Je nage. Oui, parce que si je m'arrête mon sang risque de cesser de circuler. Et je ne crois pas avoir vu de service de réanimation mentionné dans le dépliant.

9 h 50

C'est moi ou j'expire de la buée ?

9 h 52

Ah non, ce n'est pas moi. Les autres aussi.

10 heures

Je suis plus méfiante au moment d'entrer dans le deuxième bassin. L'immersion cette fois-ci se limite au bout d'un orteil. Pas folle la guêpe. L'eau, affichant 24 degrés, me paraît délicieusement tempérée, et c'est donc confiante que je fais suivre l'orteil du reste de mon corps.

10 h 05
Je nage. Je nage. Je nage. Les apparences étaient trompeuses, juste assez pour nous convaincre d'à nouveau tenter l'expérience. Quatre degrés de plus ne changent pas grand-chose à l'affaire, je suis tout juste un peu moins frigorifiée qu'il y a dix minutes.

11 h 30
Je quitte le quatrième bassin dont la température atteint le chiffre astronomiquement chaud de 26 degrés, accompagnée de cette merveilleuse sensation de peser une demi-tonne. Je me sens plutôt bien malgré tout. Je ne sais pas si mes muscles sont détoxifiés, en tout cas ils ne sont pas cryogénisés, ce qui est déjà une bonne chose.

11 h 40
Petite récompense : un massage abdominal avec crème aux pépins de framboise et huile de cacao.

11 h 42
Ça sent bon, cette crème.

11 h 43
Quelle heure est-il ?

11 h 44
J'ai faim.

11 h 45
À quelle heure ouvre le restaurant déjà ?

11 h 55
C'était très agréable, merci beaucoup. Je me sens parfaitement et totalement détendue.

12 h 15
Sur le menu, il était inscrit « MOUSSE CHAMPÊTRE ET SES PETITS LÉGUMES ». Devant moi, on vient de déposer une assiette creuse contenant une sorte d'écume blanchâtre sur laquelle sont disposés des trucs verdâtres appartenant visiblement à la famille des algues.

— Bonne dégustation ! me lance le serveur, bien trop sûr de lui pour être honnête.

C'est moi ou il ne dissimule qu'à moitié un sourire moqueur ? Si ça se trouve, lui, en cuisine, il va se taper une grosse assiette de frites accompagnées d'une bonne sauce béarnaise. Traître.

Heureusement que j'ai eu la bonne idée de me commander un smoothie, me félicité-je en portant la chope à mes lèvres.

12 h 16
Qui a bien pu penser qu'il était judicieux de mélanger du chou-fleur, du brocoli et de l'ananas ? Et d'assaisonner le tout avec du sel de céleri ? Que le coupable se dénonce !

12 h 17
— S'il vous plaît ? Serait-il possible d'avoir du pain ?

— Bien sûr, madame. Aux graines ? À l'épeautre ? À l'avoine de millet ?

— Euh… avec de la mie ? C'est possible, ça ?

14 heures

L'avantage de ce repas on ne peut plus diététique, c'est que je me sens en pleine forme pour attaquer la deuxième partie de ma journée de détente. L'inconvénient, c'est que mon cerveau transforme chaque personne que je croise en cornet de frites. On ne peut pas tout avoir.

14 h 15

Il est temps à présent d'exsuder le stress par tous les pores de ma peau, j'ai nommé le bain de vapeur. Ici, pas de grand espace mais des petites cabines individuelles.

Lorsque je pousse la porte de celle qui m'est réservée, je me sens comme un morceau de saumon en papillote : cuite à l'étouffée.

14 h 18

Alors là pour exsuder, j'exsude.

14 h 20

Vous saviez, vous, que les lobes de l'oreille pouvaient transpirer ? Eh bien, moi pas.

14 h 30

Je ressors de la cabine au top de mon glamour : transpirante et rouge écarlate.

Après le bleu tendance glaçon du matin, ma peau en voit de toutes les couleurs.

15 heures

Après avoir détoxifié, drainé, affamé et exsudé mon corps, il est maintenant temps de le tonifier.

J'entre donc dans une sorte de tube en bois dans lequel je me tiens debout. De part et d'autre des parois, des buses de différentes tailles.

Je les jauge du coin de l'œil, surtout l'énorme qui se trouve juste au niveau de mes fesses.

15 h 10

J'étais mauvaise langue, ces jets d'eau sont hyper agréables, et juste à la bonne température. Si je n'étais pas debout, je crois que je pourrais m'endormir.

15 h 20

Hey, qui a remplacé les jets d'eau par des jets de pierre ?

15 h 30

Je le savais qu'il fallait se méfier de l'énorme buse, trop polie pour être honnête, pensé-je alors que la puissance de celle-ci m'a projetée contre la paroi face à moi, bloquant le moindre de mes mouvements.

15 h 32

Je crois que mon maillot de bain s'est désintégré sous la pression…

15 h 34

Ah non, il est juste rentré complètement à l'intérieur de…

15 h 45

Je sens que toutes les veines de mes cuisses sont sur le point d'éclater. Dans deux minutes je ressemblerai à un hématome géant.

16 heures

Bien qu'inséré, mon maillot de bain est toujours là. Et aucune explosion de veine à déplorer.

Ma peau est en réalité incroyablement douce.

16 h 30

Dernière étape de la journée zen et détente, la chambre musicale.

Un matelas à eau chauffé, une lumière tamisée, le bruit des oiseaux, le roulis des vagues…

16 h 33

Zzzz zzzz zzzz…

17 heures

C'est déjà terminé ? Mais j'ai à peine eu le temps de m'installer confortablement !

En fait, j'ai passé une très bonne journée et le bilan zenitude est plutôt positif. Ne serait-ce que parce que pendant quelques heures je n'ai rien fait d'autre que prendre soin de mon corps.

•

Le + : La variété des activités proposées. Si vous vous y prenez à l'avance, il est même possible d'avoir un parcours personnalisé. Pour cela, il vous suffit de compléter le questionnaire en ligne sur le site de l'institut.

Le - : Sans conteste, le repas. Prévoyez un bon gros sandwich dans votre sac à main, à dévorer une fois sorti, à peine les fesses posées dans votre voiture.

Le prix : Pour une journée complète, incluant au moins un massage, comptez 150 euros.

L'adresse : *Lotus* – 36, rue des Tarantelles, 13650 Papille-en-Busie.

– 21 –

Est-ce moi qui le lui ai proposé, ou lui qui me l'a demandé ? À vrai dire je ne le sais plus, toujours est-il qu'hier pendant le dîner, alors que Gwenole riait de mes histoires de buses et de lobes d'oreille exsudant leur stress, oubliant consciencieusement de vider le contenu de son assiette, il a été décidé qu'aujourd'hui je l'accompagnerais à la maison de retraite pour faire la connaissance de sa femme.

Pour être honnête, ça m'inquiète, cette soudaine perte d'appétit. Je connais Gwenole depuis peu, pourtant je suis certaine que cela ne lui ressemble pas. C'est à l'opposé de son tempérament.

Il a toujours été mince, mais on remarque déjà qu'il a perdu un peu de poids.

Au moment du dessert, qu'il a décliné au profit d'un simple café, Frédéric nous a proposé de prendre l'une des voitures mises à la disposition des clients pour nous rendre à l'EHPAD mais j'ai refusé, prétextant qu'un trajet en bus me rappellerait ma jeunesse et ces nombreux voyages de classe que j'ai effectués, souvent de nuit.

La vérité, c'est que depuis l'accident je suis incapable de conduire. Rien que m'asseoir dans une voiture est une épreuve que je m'épargne au maximum.

Nous voilà donc tous les deux, Gwenole et moi, assis dans un bus en direction de sa femme. Pour l'occasion, il porte la cravate que je lui ai offerte, et qui, sur lui, a une certaine allure. Il est sans doute le seul homme au monde qu'une cravate de ce genre rend élégant.

— Vous n'avez pas dit grand-chose depuis que nous sommes partis. Ça ne va pas ? lui demandé-je.

Pendant quelques secondes, il ne répond rien. Puis, sans tourner la tête vers moi, l'esprit assez loin d'ici, il me livre ses sentiments.

— C'est dur de ne jamais savoir dans quel état je vais la trouver en arrivant. Sera-t-elle enjouée et de bonne humeur ? Ou sera-t-elle dans un mauvais jour, la tristesse gravée sur son visage parcheminé ? Mais par-dessus tout, le plus difficile, c'est d'avoir toujours au creux de l'estomac ce fol espoir… Celui qu'elle me reconnaisse, qu'elle prononce mon prénom. Le neurologue m'a dit que c'était peu probable, qu'au stade d'avancement de la pathologie son cerveau a sans doute complètement effacé mon existence… Pourtant, l'espoir est là, tapi, impossible à éteindre. Chaque fois c'est pareil, lorsque j'approche de sa chambre, j'ai les mains moites, le cœur qui s'emballe, et j'espère, oh oui, j'espère !

— Oh, Gwenole…

— Vous voyez, même un vieux bonhomme comme moi croit encore aux miracles.

Il rit quelques instants, de ce rire qu'on utilise pour ne pas pleurer, puis il se tourne vers moi.

— Veuillez excuser mon égoïsme, Roxane, je déverse devant vous mes états d'âme alors que vous-même avez vécu bien pire…

— Ne vous excusez pas. Surtout pas. Depuis la mort de Xavier… et de ma fille, c'est comme si tout le monde s'interdisait de ressentir de la peine en ma présence. Comme si les gens ne pouvaient plus être eux-mêmes. Il n'y a pas de hiérarchie dans les souffrances et je comprends complètement la vôtre.

— Je ne sais pas ce qui vous a conduite jusqu'ici mais je remercie le ciel de vous avoir mise sur ma route, Roxane. Vous êtes une bénédiction. Et merci encore d'avoir accepté de m'accompagner.

* * *

Il est à peine 15 heures lorsque nous pénétrons dans l'enceinte de l'EHPAD. Gwenole salue toutes les personnes que nous croisons et je ne suis pas surprise de voir qu'il connaît le prénom de chacune d'elles.

Alors que nous nous dirigeons vers un couloir, Gwenole s'arrête quelques instants non loin d'une jeune femme qui dispose des bouteilles sur les tables de ce que je suppose être la salle à manger des résidents.

— Bonjour Mia ! Je suis bien content de vous revoir. Comment va votre petit garçon ? On m'a dit que vous étiez absente parce qu'il était malade, j'espère qu'il n'y a rien de grave ?

La jeune fille interrompt ce qu'elle était en train de faire pour s'approcher. Elle semble si jeune. Un sourire aussi timide que fugace passe sur son visage.

— Bonjour monsieur Gwenole, comment allez-vous ?

— Vous persistez à employer le « monsieur » qui me donne l'impression d'avoir vingt ans de plus. Je vous en prie, Mia, appelez-moi Gwenole.

— Je… Ce ne serait pas poli. Et je n'ai pas le droit…

— Tant pis, allons-y pour le « monsieur ». Après tout, je ne suis plus à vingt ans près. Mais, dites-moi, Mia, comment va votre petit garçon ?

— Il a eu beaucoup de fièvre mais il va mieux. C'est gentil de vous inquiéter.

— Bon, vous m'en voyez rassuré. Quand vous n'êtes pas là, sachez qu'il manque quelque chose d'essentiel ici. Et je ne suis pas le seul à le penser, poursuit-il alors que la jeune fille rougit du compliment, ma femme aussi vous aime beaucoup. Je vois ses yeux qui s'illuminent lorsque vous entrez dans sa chambre.

Se rappelant soudain ma présence, il ajoute :

— Ah et je vous présente Roxane, une amie qui séjourne dans le même hôtel que moi.

— Bonjour madame, me salue Mia.

— Bonjour, ravie de faire votre connaissance.

— Comment est-elle aujourd'hui ? enchaîne Gwenole. Bonne ou mauvaise journée ?

Je perçois sans mal le tremblement de sa voix et devine que la réponse donnera le ton des heures qui vont suivre.

— Plutôt bonne journée, lui répond Mia avec pourtant beaucoup de tristesse dans le regard, mais aussi de la compassion me semble-t-il.

— Alors, allons-y ! À tout à l'heure, Mia.

— Oui, à tout à l'heure, monsieur Gwenole.

Il saisit mon bras, m'adresse un grand sourire sincère, apparemment heureux de l'information reçue, puis nous entrons dans un long couloir ponctué de grandes portes quasiment toutes fermées.

— Mia, c'est l'aide-soignante dont vous m'aviez parlé ?

— Oui, c'est elle. Une jeune femme adorable.

— Elle paraît… si jeune !

— Oui. Elle l'est en vérité. Elle n'a pas vingt-deux ans. Il m'a fallu beaucoup de patience mais j'ai fini par savoir qu'elle n'a pas eu une vie facile. Ses parents l'ont mise à la porte lorsqu'elle a découvert qu'elle était enceinte. Elle avait dix-sept ans. Elle aime son petit garçon plus que tout. Vous verriez comme ses yeux se mettent à briller quand elle parle de lui ! Il y a un an, elle a accompagné une dame atteinte d'un cancer jusqu'à sa mort. Elle ne s'est pas étendue sur le sujet mais apparemment cette dame aussi souffrait de la maladie d'Alzheimer. C'est ce qui l'a conduite à reprendre des études et à devenir aide-soignante. Elle était faite pour ce métier. C'est assez rare de rencontrer quelqu'un qui aime son prochain comme elle peut le faire. Quand elle est avec ma femme, Mia ne fait pas juste son travail, non, elle est prévenante et attentive, elle fait preuve de beaucoup d'empathie. Je crois qu'elle sait combien cette foutue maladie est douloureuse pour l'entourage, alors elle prend aussi soin de moi.

Devant la porte de ce que je devine par conséquent être celle de la chambre de sa femme, il se fait soudain silencieux.

— Ça va aller ?

— C'est ce fol espoir… Encore lui.

Je lui presse la main quelques secondes, puis il toque à la porte.

— Oui ? Entrez ! nous répond une voix douce.

Elle est assise dans un fauteuil, un livre ouvert sur ses genoux qu'elle a recouverts d'une couverture beige à motifs fleuris. Elle est incroyablement belle et cela confirme la représentation que je m'étais faite d'elle. De longs cheveux d'un blanc parfait relevés en un chignon savamment structuré. De grands yeux bleus, un petit nez retroussé autour duquel on devine encore quelques taches de rousseur, de fines lèvres roses.

Je comprends pourquoi Gwenole est tombé amoureux d'elle au premier regard.

— Bonjour, je peux faire quelque chose pour vous ?

Mon cœur se serre, le fol espoir ne se réalisera pas aujourd'hui.

— Élise, c'est moi, Gwenole.

— Gwenole ? Je ne crois pas connaître de Gwenole. Un prénom peu courant comme celui-là, je m'en souviendrais, il me semble. Vous êtes sûr que l'on se connaît ? Vous faites peut-être erreur. Il y a tellement de vieilles dames ici, et avec le temps on finit par toutes se ressembler.

— Non, je ne fais pas erreur, répond-il sur un ton qu'il cherche à rendre enjoué. C'est bien toi que je viens voir, Élise. Nous… Nous sommes de vieux amis.

— De vieux amis ? Vous êtes sûr ? Ça ne me dit rien du tout. La vieillesse, c'est vraiment terrible. Parfois je me dis que j'en viendrais à oublier mon propre mari si j'étais mariée. Il est heureux que je ne l'aie jamais été.

C'est pire que ce que je m'étais imaginé.

Pauvre Gwenole.

Soudain, le visage d'Élise s'éclaire.

— Vous faisiez partie du club de belote, non ?

Il hésite à peine quelques secondes avant d'acquiescer.

— Oui, tout à fait. Je savais bien que tu ne pouvais pas m'avoir oublié.

— Ça me revient maintenant, mais oui, bien sûr, Gwenole ! Un sacré bon joueur, si je puis me permettre ! Qui nous a donné des sueurs froides à bien des reprises. C'est très gentil de me rendre visite. Il me semble que cela fait des années que je n'ai plus joué aux cartes. Il faudrait que j'en parle à Mia, c'est mon aide-soignante préférée, peut-être qu'elle réussirait à convaincre l'animatrice d'organiser quelques parties.

Je n'étais pas mauvaise à une époque, et c'est sans doute comme le vélo. Ce serait en tout cas bien mieux que de nous mettre devant cet écran géant pour nous projeter des films remplis de marie-couche-toi-là qui n'arrêtent pas de se soûler pour un oui ou pour un non.

Elle rit et Gwenole l'imite. Avant de prendre place sur le second fauteuil de la pièce, il me présente à sa femme comme l'une de ses amies.

— Vous aussi faisiez partie du club de belote ? me demande-t-elle. Il ne me semble pas me souvenir de vous. Décidément, aujourd'hui ma mémoire me joue des tours. Et puis non, bien sûr, vous êtes trop jeune !

— Non, je ne faisais pas partie du club. Je crois même n'avoir jamais joué à la belote de ma vie. Gwenole et moi nous connaissons depuis peu.

— C'est dommage que les jeunes de nos jours ne jouent plus aux cartes. Pourtant c'est une occupation très agréable. Et ça fait travailler la mémoire, même si on ne dirait pas quand on me voit chercher qui est qui, je vous l'accorde, ajoute-t-elle avec une pointe d'espièglerie. Vous verrez quand vous aurez nos âges.

Élise se lance alors dans le récit de parties de cartes endiablées, ponctuées de retournements de situation et de disputes à propos de tout et de rien mais surtout d'interprétations variables des règles du jeu. Gwenole, comme il sait si bien le faire, l'écoute attentivement et la couve d'un regard amoureux.

Près d'une heure s'écoule ainsi, un moment qui serait tout à fait banal s'il n'avait pas lieu entre un mari et sa femme qui ne le reconnaît pas et qui ne voit en lui qu'un partenaire de cartes.

Trois petits coups frappés sur la porte interrompent la discussion ; Mia apporte un plateau avec du thé et deux petits gâteaux.

— Merci beaucoup, Mia. J'ai de la visite aujourd'hui, comme vous pouvez le constater. Gwenole, un vieil ami qui faisait partie de notre club de belote, est venu me saluer. N'est-ce pas adorable ? J'avais presque oublié combien j'aimais jouer aux cartes. Il faudrait en parler à Natacha. Est-ce que j'abuse si je vous demande de lui glisser deux mots à ce sujet ?

— Je ne savais pas que vous aimiez jouer aux cartes. Je ne connais pas la belote.

— C'est très facile ! Je pourrai vous apprendre si vous le désirez. Alors, vous en parlerez à Natacha ?

— Bien entendu. Quand je la verrai, je lui proposerai cette idée.

— Vous êtes vraiment adorable, ma petite Mia. Mais j'y pense, quelle heure est-il ?

— Il est presque 16 h 30, répond Gwenole.

— Je vais être en retard ! J'ai rendez-vous dans la salle de lecture avec Pierre à 16 h 45. Il vit ici, lui aussi. Nous lisons en ce moment le même roman et nous nous retrouvons pour en parler.

Ses yeux se mettent à pétiller et ses joues rosissent légèrement à cette évocation. Intérieurement, je prie pour être la seule à le remarquer, ou pour qu'il s'agisse là d'un langage féminin non accessible à la gent masculine.

— Nous sommes de vieux amis, explique-t-elle à l'intention de Gwenole. Après tout, je peux te le dire, poursuit-elle, Pierre et moi sommes amoureux. Ça faisait des années que cela ne m'était pas arrivé. J'ai l'impression d'être à nouveau une jeune fille de vingt ans. Il est grand, beau et très distingué. Je suis certaine qu'il te plairait. Peut-être lui aussi aime-t-il jouer à la belote. Je n'ai jamais pensé à le lui demander. Si tu as encore quelques minutes, je pourrais te le présenter.

— Ça aurait été avec plaisir mais nous n'avons pas beaucoup de temps. Roxane doit prendre un train à 17 heures et je lui ai promis de l'accompagner à la gare.

— Je te reconnais bien là, toujours prévenant. Alors, ce sera pour une autre fois, il faudra revenir me voir ! Je suis ravie d'avoir fait votre connaissance, mademoiselle, me dit-elle en se levant de son fauteuil avec difficulté.

Il se penche pour lui déposer une bise sur la joue et lui promet d'essayer de revenir la voir bientôt. Le sourire présent sur son visage quelques secondes plus tôt meurt aussitôt qu'il se retourne et que nous quittons la chambre.

J'ai tellement de peine pour lui ! Je cherche les mots que je pourrais prononcer pour apaiser ce qu'il vient d'entendre mais je ne trouve rien de suffisamment fort.

Le silence nous accompagne donc alors que nous nous dirigeons vers la sortie de l'établissement.

— Mademoiselle !

Je me retourne au son de la voix de Mia.

— Vous avez oublié votre foulard, m'indique-t-elle.

— Je sors faire quelques pas, je vous attends dehors, murmure Gwenole.

Je comprends qu'il souhaite être seul un petit moment ; comment pourrait-il en être autrement ? pensé-je en le regardant s'éloigner.

— J'ai beaucoup de peine pour lui, me dit Mia qui m'a rejointe et me tend mon foulard. Il est si triste depuis qu'il sait. Bien sûr, il fait semblant. Chaque fois qu'il vient, il fait semblant. Pour elle. Mais ses yeux n'y arrivent plus.

— Depuis qu'il sait ?

— La dernière fois qu'il est venu, madame Élise lui a dit pour monsieur Pierre. Elle a cru qu'il était son frère alors elle lui a raconté. Elle était si joyeuse de lui parler de son amoureux. J'étais dans la chambre et j'avais envie de pleurer pour lui.

La perte d'appétit, la mélancolie, soudain tout s'explique. Gwenole sait maintenant que celle qu'il aime depuis qu'il a dix-huit ans et qui ne se souvient pas de lui en aime un autre.

— Si vous êtes son amie, ne le laissez pas tout seul. Ça va empirer… Pour madame Élise… Plus le temps va passer et plus… Non, il ne faut pas qu'il soit seul.

— Il a raison, vous êtes une belle personne. Les résidents de cet EHPAD ont beaucoup de chance de vous avoir.

Elle rougit, visiblement peu habituée à recevoir de tels compliments.

— Merci. Je vous laisse, j'ai beaucoup de travail.

Elle fait demi-tour et disparaît dans un autre couloir qui mène sans doute vers d'autres chambres où se trouvent d'autres personnes que la vieillesse n'a probablement pas non plus épargnées.

Après une dizaine de minutes à chercher à l'extérieur du bâtiment, je finis par trouver Gwenole assis sur un banc dans le parc qui entoure l'EHPAD. Je m'assois à côté de lui.

— C'est vraiment joli ici.

— Oui. Derrière un peu plus loin, il y a un bois avec des biches en liberté. Je tenais à ce qu'Élise soit entourée de verdure, elle a toujours aimé la nature.

— Et la belote apparemment ! ajouté-je avec amusement.

— Les animaux, la nature, c'est certain. Les cartes… Je crois qu'elle n'y a jamais joué de sa vie. Même avec notre fille. Les jeux de société, ça n'a jamais été sa tasse de thé.

— Mais tout à l'heure… Le club de belote ? Toutes ces anecdotes ?

— Issues de son Alzheimer, sans doute. Elle ne se contente pas d'oublier, elle invente également. Parfois elle choisit la peinture, d'autres fois, la danse. Aujourd'hui c'était la belote. Au début c'était déstabilisant. Et puis, c'est comme tout… on finit par s'y habituer et faire avec.

— Pourquoi ne lui dites-vous pas que vous êtes son mari quand elle ne vous reconnaît pas ? Peut-être que ça l'aiderait et qu'elle réussirait à recoller les morceaux de sa vraie vie.

— J'ai essayé. Au début. Bien entendu que j'ai essayé. Quand elle me disait qu'elle ne connaissait pas de Gwenole, je lui disais que nous étions mariés, je lui racontais le jour de notre mariage, lui rappelant combien elle était belle, combien j'étais fou d'elle. Je lui montrais même des photos, pour qu'elle me croie.

— Ça n'a jamais fonctionné ?

— Non. Pire, ça déclenchait chez elle des angoisses majeures. Parce qu'elle ne se souvenait pas. Et que pour elle c'était impensable d'oublier son propre mari. C'était une confirmation qu'elle était malade alors que tout son être lutte contre cette réalité. Est-ce qu'inventer des mensonges est pour son cerveau le meilleur moyen d'effacer la cruelle réalité ? Je n'en sais trop rien. Toujours est-il que je n'essaie plus de lui dire que je suis son mari. Je me contente des rôles qu'elle veut bien m'attribuer.

— Quand Mia m'a rendu mon foulard… elle m'a dit, pour Pierre, que vous saviez.

— Je ne l'ai pas vu venir. Oh, bien sûr, je sais que c'est une très belle femme et que nombre d'hommes ont été attirés par elle. Mais elle, elle n'a eu d'yeux que pour moi pendant près de soixante ans. J'avais la faiblesse de penser que rien ne changerait. Que cette foutue maladie…

Sa voix se brise.

— Je suis tellement désolée, Gwenole. Je ne peux qu'imaginer combien cela doit être dur.

— Vous l'auriez entendue me parler de lui la dernière fois ! Me dire combien elle le trouvait drôle et charmant. Me demandant ce que je pensais du fait de se marier pour la première fois à son âge. Se marier pour la première fois…

Les larmes coulent sur ses joues. Je crois n'avoir jamais vu un homme pleurer, qui plus est un homme de plus de soixante-dix ans, et ça me bouleverse.

— J'étais là, devant elle. Elle avait de nouveau ce regard qui n'était que pour moi. Sauf que ses pensées étaient tournées vers quelqu'un d'autre.

— Il m'avait bien semblé que vous n'étiez pas vous-même depuis mon retour de New York. Vous ne mangez plus. Je suis tellement désolée.

— Pourquoi être désolée ? Vous n'y êtes pour rien. Sans doute ai-je dû faire, dans une vie antérieure, quelque chose de mal que Dieu décide de me faire payer aujourd'hui. Tout à l'heure, alors que nous nous apprêtions à entrer, j'ai souhaité que le mal ait gagné du terrain. J'ai souhaité qu'elle ait oublié ce Pierre et ses sentiments pour lui. J'étais prêt à renoncer à ce qu'elle se souvienne un jour de moi contre la garantie qu'elle n'aimerait plus jamais quelqu'un d'autre. Vous allez sans doute penser que je suis un homme cruel, et je ne pourrais que vous donner raison.

— S'il y a bien une chose que je ne penserais jamais de vous, c'est celle-ci. Vous êtes tout sauf cruel. Vous êtes simplement un être humain, Gwenole. Qui ne réagirait pas comme vous dans une telle situation ?

— Peut-être. Je ne sais pas. Mais je ne vous ai pas dit le pire. Le pire, c'est que je suis incapable de ne pas lui en vouloir à elle, Élise. Je lui en veux d'être tombée amoureuse d'un autre. Je lui en veux de n'être pas assez forte. Je lui en veux tellement, si vous saviez, Roxane.

La colère, ce sentiment qui m'est si familier… La colère, cette vieille amie qui m'aide à tenir depuis tous ces mois. Évidemment que je sais ! Mais une fois de plus, je ne trouve pas les mots pour le dire. Et je réalise que je ne les ai déjà pas pour moi.

Alors, pendant plusieurs minutes nous restons assis en silence. Le temps que sèchent ses larmes et que cesse le tremblement de ses mains.

— Il faut nous hâter si nous ne voulons pas rater le dernier bus. Et, ce matin, j'ai promis à Albane que nous serions là pour l'écouter répéter la grande scène finale de *Roméo et Juliette*.

Les amants maudits de Vérone. Une histoire d'amour aussi belle que tragique.

En cet instant, je donnerais à peu près tout ce que j'ai pour que le professeur de théâtre d'Albane ait choisi à la place de monter *Les Fourberies de Scapin*.

– 22 –

— Ah, enfin ! J'en pouvais plus de vous attendre. Vous en avez mis, un temps ! nous accueille Albane à peine avons-nous pénétré dans le hall de l'hôtel.

— Albane ! la réprimande son père. Monsieur Gwenole et Roxane ne sont pas à ta disposition, que je sache.

— Décidément, la terre entière veut m'appeler monsieur Gwenole, aujourd'hui ! Frédéric, nous nous connaissons maintenant depuis suffisamment de temps pour que vous n'utilisiez que mon prénom. À bas cette histoire de respect et de politesse !

Oxford, qui attendait lui aussi notre retour, ponctue cette demande de deux aboiements.

— Comment va votre épouse, Gwenole ? s'enquiert Frédéric après un effort visible pour renoncer au « monsieur ».

— Aussi bien qu'elle puisse aller, répond Gwenole, laconique.

Je me demande ce que Frédéric connaît de la situation. Il est tout à fait possible qu'il ne sache pas grand-chose, que Gwenole porte le poids de tout ça seul et en silence.

— Maintenant que nous sommes là, nous sommes tout à toi, ma petite Albane, enchaîne Gwenole pour ne pas avoir à entrer dans les détails. Éblouis-nous de tes talents d'actrice !

L'adolescente, tout sourire, saute en bas du comptoir sur lequel elle était encore assise en tailleur, au grand désespoir de son père sans doute, puis nous précède en direction du jardin.

— J'ai répété tout l'après-midi en me regardant devant mon miroir, mais ce n'est pas la même chose que d'avoir un vrai public. Et aucun des chiens ne m'est d'une grande utilité. Ils se contentent de dormir ou d'aboyer dès qu'ils entendent une voiture. Ils sont désespérants ! soupire-t-elle comme si c'était la fin du monde.

Je ne peux m'empêcher de sourire, Albane a déjà toutes les qualités d'une comédienne !

Alors que nous prenons place sur notre banc habituel, bien heureux de la douceur de cette fin de journée, Albane nous distribue plusieurs feuillets.

— J'ai demandé à papa de me faire des photocopies de la scène. Je me suis dit que ce serait plus pratique pour suivre. Alors, si vous vous souvenez de la pièce, on est au moment crucial de l'histoire. Celui où Roméo croit que Juliette est morte parce qu'il n'a pas reçu le message lui expliquant la supercherie, et qu'en fait Juliette est juste endormie à cause de la sorte de potion qu'elle a bue.

— Elle semble douter de nos connaissances littéraires… On se vexe maintenant ou on attend un petit peu ? me murmure Gwenole.

— Chut, elle se concentre.

Devant nous, en effet, Albane a les yeux fermés et fait des exercices de respiration, puis sans nous prévenir, elle se lance et commence à déclamer :

— « *Va, sors d'ici, car je ne m'en irai pas, moi. Qu'est ceci ? Une coupe qu'étreint la main de mon bien-aimé ? C'est le poison, je le vois, qui a causé sa fin prématurée. L'égoïste ! Il a tout bu ! Il n'a pas laissé une goutte amie pour m'aider à le rejoindre ! Je veux baiser tes lèvres : peut-être y trouverai-je un reste de poison dont le baume me fera mourir... Tes lèvres sont chaudes ! Oui, du bruit ! Hâtons-nous donc ! Ô heureux poignard ! voici ton fourreau... Rouille-toi là et laisse-moi mourir ! »*

Armée d'un poignard imaginaire, Albane le lève au ciel et après quelques secondes fait semblant de se le planter dans le cœur. Puis, après avoir mimé les soubresauts de l'agonie, elle s'écroule par terre.

— C'était parfait ! applaudit Gwenole. Cette fois-ci le ton avait juste ce qu'il fallait de dramatique, n'est-ce pas, Roxane ? Bravo, ma petite Albane !

— C'est vrai, vous trouvez que c'était bien ? On y croit ? nous demande l'adolescente ravie tout en se relevant. Parce que franchement c'est un peu exagéré, cette histoire, non ? Je sais bien qu'à l'époque les auteurs aimaient les drames et tout ça mais enfin quand même !

— C'est une très belle histoire d'amour, non ?

— Au point de se tuer ? Oui, bon, d'accord, c'est triste que Roméo soit mort. Il avait l'air d'un type cool et plutôt sympa. Mais elle le connaissait genre depuis quoi, quatre jours ? Et hop ! il meurt, et elle, elle sait tout de suite qu'elle ne pourra pas vivre sans lui ? Je ne sais pas, je n'ai jamais vraiment été amoureuse. Il faut dire que les garçons de ma classe ne pensent qu'à se filer des coups de pied ou jouer aux jeux vidéo, mais je ne crois pas que je pourrais me tuer pour quelqu'un. Même si je l'aime beaucoup.

— Même si c'est ton grand amour comme Roméo pour Juliette ?

— Qu'est-ce qu'elle en savait, Juliette ? Si ça se trouve, deux mois plus tard, elle aurait rencontré un autre type super. Cette histoire de grand amour, c'est triste, je trouve. Parce qu'on ne peut jamais savoir si on le rencontre vraiment, au fond. Imaginez qu'un jour je croise celui qui est censé être mon « grand amour », accentue-t-elle en faisant des guillemets avec ses doigts, mais que ce jour-là je trouve qu'il sent mauvais parce qu'il sortait de la salle de sport, et que du coup je ne lui adresse pas la parole, c'est tant pis pour moi, j'ai loupé ma chance ? Boum ! plus jamais de grand amour ? C'est triste, non ?

— Je crois, moi, au contraire, qu'on le sait, lorsqu'on rencontre l'homme ou la femme de sa vie, tente timidement Gwenole. Et que même une histoire de transpiration n'y change rien. C'est le cœur qui s'emballe de manière incontrôlable.

— Mais est-ce que la vie doit s'arrêter quand on le perd ? Parce que si cette personne est votre grand amour, qui dit que vous êtes aussi le sien ? Je sais que je ne suis pas très bonne en maths, mais je me dis que la probabilité que dans tout l'univers deux personnes se rencontrent alors qu'elles sont justement le grand amour de l'une et de l'autre est quand même très faible ! Bien plus faible que le fait de prendre dans un tiroir B la chaussette identique à celle du tiroir A.

— Je ne suis pas certaine que Shakespeare apprécierait cette comparaison de sa pièce la plus emblématique avec une histoire de chaussettes. C'est justement le côté tragique de la fin qui a rendu cette histoire d'amour intemporelle. Si Juliette s'était contentée de pleurer quelques minutes sur la tombe de Roméo et était repartie danser au bal trois jours plus tard, ça n'aurait sans doute pas eu le même succès. Et tu n'aurais pas eu la chance de pouvoir jouer ce rôle magnifique.

— Ouais. Eh bah, si vous voulez mon avis, l'amour, ça craint !

Je ne peux m'empêcher de regarder Gwenole du coin de l'œil. « Si tu savais à quel point ça craint, ma petite Albane ! », pensé-je tristement.

— Je crois, poursuit-elle, qu'il vaut mieux ne jamais le rencontrer, ce grand amour. Parce que ça colle une sacrée pression ensuite. S'il n'y en a qu'un, faut qu'on soit parfait et tout pour ne pas risquer de le perdre. On dirait un peu comme mon pull préféré, le bleu, celui avec des petites perles brodées sur les épaules, je l'aime tellement que j'ose jamais le mettre ! Imaginez que quelqu'un me colle un coup de stylo dessus et qu'on n'arrive pas à l'enlever ? Il sera foutu ! Alors je le laisse dans mon armoire et je ne le porte que de temps en temps. Et rien qu'à la maison. C'est un peu comme l'amour et le grand amour : si on a trop peur d'abîmer le grand amour, autant n'avoir que l'amour mais pouvoir sortir avec tous les jours sans crainte.

Gwenole et moi nous regardons sans rien trouver à lui répondre. Il y a de la logique dans cette réflexion adolescente. Mais est-ce la logique qui intervient en matière d'amour ? Rien n'est moins sûr.

— Et ne me dites pas que je n'ai que douze ans et que je verrai bien lorsque je serai adulte, mon père me le répète déjà vingt mille fois par jour ! En parlant de mon père, je ne sais pas s'il a déjà coché la case « grand amour », mais il serait temps qu'il rencontre quelqu'un. Je ne vais pas pouvoir veiller sur lui tout le temps, j'ai une vie à vivre, moi, je vais bientôt avoir treize ans !

Cette fois-ci, c'est plus fort que nous, nous éclatons de rire, et je ne sais pas si ce sont les émotions de l'après-midi qui cherchent à s'évacuer mais le rire se transforme peu à peu en fou rire, si bien qu'en quelques minutes nous nous tenons les côtes, incapables de retrouver notre sérieux.

Albane, dont la mine mi-vexée mi-perplexe n'a au début fait que renforcer notre crise, s'est laissé gagner elle aussi.

Cela fait des mois que je n'avais pas ri ainsi et ça me fait un bien fou.

– 23 –

Lorsque je regagne ma chambre, j'ai l'impression d'avoir fait une séance intensive de gainage tant j'ai mal aux abdominaux.

Tout à l'heure, pendant que nous reprenions peu à peu notre souffle, je n'ai pas réussi à refouler les souvenirs d'autres fous rires partagés avec Meryl. Ma fille était sans cesse de bonne humeur, s'enthousiasmant pour un rien. Un vrai distributeur de rire. Les expressions qu'elle inventait et qu'elle utilisait le plus sérieusement du monde en constituaient le plus souvent le point de départ.

Un jour, elle devait avoir à peine cinq ans, nous marchions toutes les deux dans la rue, et un type devant nous avait jeté par terre le sachet froissé contenant la viennoiserie qu'il venait sans doute d'acheter à la boulangerie.

Sensibilisée par l'école à l'écologie et au recyclage des déchets, Meryl l'avait aussitôt interpellé, lui rappelant qu'il était interdit de jeter ses « déchitrus » par terre et qu'il fallait faire attention à la planète parce qu'on n'en avait qu'une seule. Haute comme trois pommes, elle lui avait assené sa réprimande, bien campée sur ses jambes, les poings sur les hanches.

Le type s'était platement excusé, avait ramassé son sachet qu'il avait mis dans sa poche, promettant de le jeter dans la première poubelle qu'il verrait. « Y a intérêt ! » avait conclu ma fille, déclenchant chez moi un irrépressible éclat de rire.

Étrangement, ce souvenir, bien qu'il fasse s'affoler mon cœur, ne me fait pas souffrir. M'en rendre compte me surprend un instant. J'ai eu pendant de longs mois de la haine pour tous ces souvenirs. Parce que si l'on peut maintenir la souffrance à distance en ne regardant ni les photos, ni les vidéos, en ne poussant pas la porte de la chambre dans laquelle elle dormait, en revanche on est impuissant contre les souvenirs qui sont là, ancrés, et qui surgissent sans crier gare. Ces souvenirs qui tels des uppercuts dans l'estomac me coupaient systématiquement le souffle alors que j'étais en train de prendre ma douche ou de faire la cuisine.

Je suis encore loin d'avoir intégré le club de ceux qui chérissent les souvenirs et qui les convoquent même, volontairement, pour garder le sourire et le moral, mais réaliser qu'ils ne me mettent plus à terre est un début.

À mes pieds, Neige trépigne, quémandant des caresses. Je l'ai trouvée dans la chambre lorsque je suis remontée, la serrure ne doit pas bien fonctionner. Je me baisse pour lui accorder ce qu'elle réclame et constate qu'elle a grignoté l'un des montants de la chaise de bureau.

— Neige ! Ce n'est pas bien ! Tu ne dois pas manger les meubles ! lui crié-je, apparemment sans grand succès, au vu de sa queue qui continue à frétiller. Je serais toi, j'arrêterais de faire ça, Albane et Frédéric ne pourront pas garder dans leur hôtel un chien qui y fait des dégâts. Quant à une éventuelle adoption, la perspective de retrouver des choses mâchouillées ne sera pas très engageante, crois-moi.

Il faudra que je pense à signaler à Frédéric ce souci de serrure s'il ne veut pas que tout son mobilier soit abîmé.

La petite chienne, qui s'est assise, aboie, avant de sauter sur le lit et de se rouler en boule.

— Et donc tu dors ? C'est ainsi que tu vois la situation ? Eh bien, ne crois pas que je vais te laisser t'en sortir comme ça ! Nous aurons de nouveau cette conversation, jeune fille !

Le rire, qui décidément n'était pas bien loin, me gagne une nouvelle fois. Si l'on m'avait dit que je ferais la leçon à une petite boule de poils blanche…

C'est donc en riant que je décroche mon téléphone, qui s'est entre-temps mis à sonner, sans prendre connaissance de l'identité de l'appelant.

— Allô oui ?

— Roxane ? C'est moi. C'est maman. Je ne sais pas ce qui te fait rire, mais ça fait plaisir à entendre.

— Bonjour maman.

La légèreté des instants précédents s'envole presque instantanément.

— Comment vas-tu, ma chérie ? Tu ne m'as pas donné de nouvelles depuis… eh bien, depuis le procès. Je me suis inquiétée.

— Je… J'ai eu besoin de prendre un peu de distance. Je suis allée passer quelques jours à New York.

— New York, j'aurais dû m'en douter. Tu as toujours beaucoup aimé cette ville.

— Je m'y suis toujours bien sentie. Ça m'a fait du bien de partir là-bas.

— J'aurais voulu que tu restes un peu… Que nous prenions le temps de parler de tout ça. Je sais que le procès t'a beaucoup remuée.

— Pas toi ? Mettre un visage sur l'auteur de l'accident, entendre l'histoire, connaître les circonstances, ça ne t'a pas remuée ?

— Si, bien sûr. Qu'est-ce que tu crois ? Que je suis insensible ? Que tu es la seule à souffrir et à être malheureuse ?

— On ne dirait pas que ça te fait quelque chose.

— Tu es injuste envers moi.

— Je t'ai observée, maman. Pendant le procès. Je t'ai observée et j'ai vu qu'elle te touchait, que ce qu'elle racontait te faisait de la peine. Elle, celle qui a tué ma fille et mon frère. Celle qui a tué ton fils.

— Oui, et alors ? Ça fait de moi un monstre, c'est ça ? C'est vrai, sa sincérité m'a touchée, le fait qu'elle souffre elle aussi de ce qu'il s'est passé m'a touchée.

— Mais elle a tué deux personnes ! C'est sa faute !

— C'était un accident. Ça aurait pu arriver à n'importe qui. Ça aurait pu t'arriver à toi.

— Ah non, s'il te plaît, n'inverse pas les rôles ! J'ai conduit durant de nombreuses années et personne n'est jamais mort à cause de moi.

— Roxane… murmure-t-elle. Pourquoi est-ce que tu te bats contre moi ? On dirait que tu m'en veux… Je ne sais plus quoi penser. Tu n'es pas la seule à être malheureuse. Tu n'es pas la seule à revivre sans cesse cette journée maudite. J'ai les mêmes souvenirs que toi. Et que tu le croies ou non, c'est difficile pour Stéphane aussi.

— Tu l'appelles Stéphane maintenant ? Ça donne l'impression que tu parles d'une amie avec qui tu passes des soirées en lui montrant les albums photos.

— Je ne dirai pas que nous sommes amies, c'est… C'est trop embrouillé encore. Mais oui, je l'ai vue. À plusieurs reprises.

— Quoi ? Attends, je rêve là ! Tu l'as vue ? Mais comment as-tu pu faire une chose pareille ? Est-ce que tu as pensé à Meryl et Xavier, morts et enterrés à cause de cette femme ?

— Je ne pense qu'à eux, tout le temps. C'est elle qui a pris contact avec moi, pour être parfaitement honnête. Elle voulait… qu'on puisse parler. Elle voulait me dire encore une fois combien elle était désolée. Elle tenait à me demander pardon, c'était important pour elle.

— Mais je me contrefiche de ce qui est important pour elle ! Ne me dis pas que tu lui as pardonné ? Que tu lui as dit que ce n'était pas grave, comme on peut le dire à un gosse qui a cassé un vase en lançant un ballon ?

Son silence répond à ma question bien mieux que des mots.

— C'est ça, tu lui as pardonné. Elle a tué ma petite fille, l'amour de ma vie. Et tu lui as pardonné.

Les larmes ont remplacé le rire. Elles me brûlent les yeux autant que le cœur.

— À quoi bon, Roxane ?… La rancœur, la colère ne les ramèneront pas. Et si tu veux tout savoir, ça m'a fait beaucoup de bien.

— Je refuse de continuer à t'écouter davantage. Tu nous as trahis. Rien, jamais, ne pourra effacer ça. Ne m'appelle plus, c'est mieux. Au revoir, maman.

Je raccroche, sous le choc de ce que je viens d'entendre. Comment peut-elle lui pardonner ? Et puis quoi ensuite ? Elle va tourner la page et faire comme si de rien n'était ?

Jamais. Jamais je ne pourrai. Elle m'a pris Meryl. À cause d'elle, j'ai perdu mon frère jumeau. Non, jamais je ne pourrai lui pardonner.

— Je voudrais qu'elle meure ! hurlé-je soudain dans la chambre. Oui, elle ne mérite pas de vivre !

— Eh bien, j'espère ne jamais vous donner une raison d'être en colère contre moi !

Gwenole se tient derrière la porte de ma chambre.

— Pardon, Roxane, une nouvelle fois la porte était mal fermée. Il doit y avoir un souci avec la serrure, je le dirai à Frédéric au passage en redescendant.

Je peine à recouvrer mes esprits, il le faut pourtant.

— Merci Gwenole, murmuré-je après un effort de concentration qui me semble surhumain.

— Ça n'a pas l'air d'aller…

— Si. Enfin, non. C'est juste que… Vous avez besoin de quelque chose ? tenté-je pour faire diversion.

— Je voulais juste vous inviter à dîner au restaurant. Pour vous remercier, pour cet après-midi. Il y en a un très bon à quelques rues d'ici.

— Avec plaisir. Je vous retrouve dans le hall dans une heure ?

— Ce sera parfait. Mais, chère Roxane… vous êtes sûre que… ?

— Non… Mais il faudra bien.

* * *

Nous voici attablés dans un charmant restaurant italien situé non loin de l'hôtel et dont j'ai entendu moi aussi parler en bien à de nombreuses reprises, devant deux assiettes odorantes de linguine crémeuses aux crevettes que ni Gwenole ni moi n'avons pourtant encore entamées.

Pour être tout à fait honnête, j'ai hésité à me décommander pour ce soir, mais après une longue douche brûlante, une de celles qui vous laissent la peau rougie et embuent la salle de bains, je suis parvenue à éloigner, au moins un petit peu, les mots prononcés par ma mère.

— J'ai signalé à Frédéric le souci avec votre serrure. Il m'a dit qu'il y jetterait un œil.

— Merci, c'est gentil. J'espère qu'il ne tardera pas trop parce que j'en connais une qui en profite quand je ne suis pas là pour se faufiler à l'intérieur de la chambre et mâchouiller les meubles.

— Encore ! Pendant que vous étiez à New York, elle s'en est aussi donné à cœur joie, avec un goût prononcé pour le cuir, si possible neuf, des baskets d'Albane. La pauvre, elle en a retrouvé plusieurs paires en piteux état après les avoir malencontreusement oubliées dans le hall.

— Heureusement qu'elle ne laisse pas traîner son pull préféré !

— Oui…

Il pique distraitement une crevette avec sa fourchette avant de la reposer au bout de quelques secondes sans même avoir essayé de la porter à sa bouche.

— C'est triste, vous ne trouvez pas ?

— Quoi ? Que Neige mange des baskets plutôt que des croquettes ? plaisanté-je.

— Non. Cette vision qu'a la petite Albane de l'amour.

— Ça lui passera. Je sais que ça ne lui plairait pas du tout de m'entendre dire ça, mais elle est jeune. Avec les années, elle changera.

— Je n'en suis pas aussi certain que vous. Plus ça va et plus j'ai le sentiment que nous avons échoué avec cette génération. C'est comme s'ils avaient perdu tout droit à l'innocence et à l'émerveillement. Ils sont à peine nés que déjà ils doivent être conscients que la planète est en danger, qu'il ne leur sera pas facile de trouver du travail ou encore qu'ils n'auront sans doute pas de retraite et qu'il faut donc prendre des dispositions en ce sens. Tout ça est déprimant comme une journée de novembre pluvieuse. On ne les laisse même plus croire au Père Noël, c'est un comble !

— Qu'est-ce qui vous fait dire ça ?

— Une discussion dont j'ai été témoin il y a quelques mois. Que j'ai espionnée, pour être tout à fait exact, me précise-t-il avec dans le regard cette espièglerie qui le caractérise et qui, hélas, est peu présente ces derniers temps. Deux jeunes femmes parlaient ensemble et se félicitaient de ne pas avoir entraîné leurs enfants dans cette supercherie de Père Noël ; elles disaient qu'il n'y avait rien de plus important que de dire la vérité aux enfants. Je n'avais jamais rien entendu de plus triste. Pourquoi les priver de cette part de magie liée à l'enfance ? Pas étonnant ensuite que tout fiche le camp, même les rêves de prince charmant. Quand vous aviez douze ans, est-ce que vous étiez comme la petite Albane, à vous dire que l'amour – comment a-t-elle dit déjà – « ça craint » ?

— Non… À douze ans, je rêvais au prince charmant. Et à ma future robe de mariée. J'enfilais en douce l'une des robes blanches de ma mère, je lui piquais une paire de chaussures à talons et je m'imaginais au bras d'un type sublime, si possible avec la tête de Leonardo DiCaprio.

— Ah, vous voyez ! Même si je n'ai aucune idée d'à quoi ressemble votre bellâtre, je vous crois sur parole.

— Ce n'est pas pour autant que je l'ai rencontré. Ni même que j'ai finalement envie de me marier.

— Mais vous croyez quand même au grand amour ? Celui pour qui l'on est capable de tout et surtout de n'importe quoi ?

— Sans doute, oui. Même si je n'ai aucune idée de l'endroit où il se trouve et qu'à mon grand désespoir Leonardo est devenu un type bouffi et bedonnant.

— C'est peut-être Frédéric ? lance tout à coup Gwenole.

Je manque de recracher la gorgée de vin rouge que j'allais avaler pour tenter de m'ouvrir l'appétit.

— Frédéric ? Le père d'Albane ? Mais nous avons à peine échangé trois mots ! Pourquoi est-ce que vous pensez à lui soudain ?

— Je ne sais pas, mais pour quelqu'un qui n'a échangé que trois mots avec vous, comme vous dites, je trouve qu'il était bien inquiet lorsque vous avez quitté la fête d'Albane précipitamment l'autre fois. Et, pendant votre absence prolongée, il m'a souvent demandé si j'avais de vos nouvelles.

— C'est un hôtelier soucieux de sa clientèle, rien de plus.

— Peut-être. Mais vous ne m'ôterez pas de la tête que vous lui plaisez.

Quelle étrange idée. Non que Frédéric ne soit pas un bel homme, plutôt gentil semble-t-il, mais l'amour est tellement loin de mes préoccupations ! Je ne sais plus à quand remonte ma dernière histoire, ni même si j'en ai envie. Il y a du bon dans le célibat, on ne risque pas de souffrir en perdant l'autre.

— Je propose que nous commencions à déguster ces pâtes qui ont l'air délicieuses avant qu'elles ne soient complètement froides, dis-je pour changer de sujet. Au cas où vous ne l'auriez pas remarqué, le serveur qui est là-bas, et qui nous observe depuis un petit moment, a le visage tout crispé. Des clients qui ne mangent rien, ce n'est en général pas très bon pour le commerce.

Le restaurant n'étant qu'à une vingtaine de minutes de marche de l'hôtel, nous avons décidé, malgré l'heure tardive, de ne pas appeler de taxi et de rentrer à pied.

Au grand dam du serveur à qui il a fallu dire à plusieurs reprises que non, non, tout était délicieux, l'appétit n'a pas été au rendez-vous ni pour l'un ni pour l'autre. La compagnie n'en a pas été moins agréable.

Gwenole ne m'a pas questionnée sur ce qu'il a entendu tout à l'heure dans ma chambre. Il fait partie de ces personnes qui ne forcent pas à la confidence, qui ne cherchent pas par tous les moyens à vous faire parler alors que vous n'en avez pas envie. Mais comme je sais qu'il est aussi de ceux qui savent écouter, je me décide à lui raconter.

— J'ai eu ma mère tout à l'heure au téléphone. J'ai quitté le tribunal avant la fin du procès et suis partie presque aussitôt pour New York sans la prévenir. Elle s'est inquiétée.

— Rien de plus normal pour une mère.

— Oui. Mais elle m'appelait surtout pour me dire qu'elle avait passé du temps avec celle qui a tué ma fille ! Et même qu'elle lui avait pardonné ! Vous imaginez un peu ? Ma propre mère, qui elle-même a perdu un fils dans cette histoire, faut-il le lui rappeler, me téléphone pour me dire qu'elle a de l'empathie pour cette femme, parce qu'elle est malheureuse et qu'elle s'en veut. Et vous voulez savoir le pire de tout ? Elle m'a conseillé d'aller lui parler ! Ça m'a fait sortir de mes gonds. Vous me voyez aller à sa rencontre ? On croit rêver ! Plus jamais je ne veux croiser le regard de celle qui a ôté la vie à ma petite fille ! Plus jamais. Elle ne mérite aucune compassion, seulement ma haine.

À côté de moi, Gwenole continue à marcher, silencieux.

— Gwenole ?

Il s'arrête et se tourne vers moi.

— Je sais que ce que je vais dire ne va probablement pas vous plaire mais peut-être votre mère a-t-elle raison. Peut-être que vous devriez vous aussi essayer de pardonner…

— Essayer de pardonner ? Ah non, pas vous !

— Pardonner ne veut pas dire aimer ni même oublier. Mais ça vous permettrait sans doute de vous alléger et d'aller de l'avant. D'arrêter de vous faire du mal. Vous êtes encore jeune et…

— C'est vous qui me parlez d'arrêter de se faire du mal ? Vous qui continuez à aller rendre visite à une femme qui ne vous reconnaît pas et qui, par-dessus le marché, vous confie qu'elle en aime un autre ? Je suis désolée, mais vous êtes mal placé pour me donner des leçons, ajouté-je sèchement.

À peine ai-je prononcé ces paroles que je les regrette. Je suis injuste envers Gwenole qui depuis que nous nous connaissons ne fait preuve à mon égard que d'une infinie gentillesse. Je n'étais pas cette fille en colère, pourquoi suis-je incapable de réagir autrement ?

— Je suis désolée, Gwenole, je ne pensais pas ce que je disais.

— Ce n'est pas grave, je ne vous en veux pas, me répond-il tout en reprenant la marche. Vous avez raison, je me mêle de ce qui ne me regarde pas. Après tout, qui suis-je pour vous dire comment vous devez gérer ce deuil terrible ?

Nous sommes arrivés devant la porte de l'hôtel. Je lui fais face et me reproche la tristesse que j'ai sans nul doute amenée dans son regard.

Je m'approche de lui, lui prends la main et dépose une bise sur sa joue.

— Qui vous êtes pour moi ? Un ami ? Je l'espère en tout cas. Vous êtes l'une des plus belles personnes qu'il m'ait été donné de rencontrer. Je n'ai jamais trouvé qu'on devait mesurer l'importance des gens à la longévité de la relation. Vous et moi, on se connaît depuis à peine quelques semaines, pourtant vous comptez beaucoup pour moi.

— Chère Roxane, vous aussi m'êtes précieuse. Si je vous ai blessée, je le regrette, mais… pensez-y. Je vous promets de ne plus en parler, en contrepartie, promettez-moi d'y réfléchir…

— Je ne peux pas. C'est bien trop douloureux. Et ce serait trop facile. Merci pour ce repas, Gwenole, et encore une fois je regrette de vous avoir blessé. Bonne nuit à vous.

Je me dirige vers mon couloir de chambre, sans lui laisser l'occasion de poursuivre, de réitérer sa demande. Je ne veux pas y réfléchir, il n'en est pas question. Je refuse d'oublier qu'il y a un an une personne m'a pris en quelques secondes ce que j'avais de plus cher au monde. Et qu'à cause d'elle ma vie a perdu tout son sens.

– 24 –

Les aventures de Roxane en Voyag'Elles

« I say, hey honey, take a walk on the wild side »

Adeptes de la pratique du sport en plein air, ce billet est pour vous ! Nombreuses sont en effet celles qui cherchent à ne pas arrêter toute activité physique pendant les vacances, sans pour autant savoir quoi faire en dehors des vingt tours du camping en petites foulées chaque matin… ou des autres activités auxquelles elles se livrent parfois au réveil, certes agréables, mais hélas assez peu consommatrices de calories…

Et, en vacances, entre les verres de rosé et les rondelles de saucisson, il est parfois plus que nécessaire d'en dépenser, des calories.

Si vous passez vos vacances en Camargue (j'ai un peu prolongé les miennes), je vous ai trouvé la parfaite combinaison découverte du paysage/pratique sportive : le Walk&Bike. Rien à voir avec une danse ou avec un sachet de confiseries. Le Walk&Bike, c'est la promesse de dépenser un maximum de calories et de n'avoir le soir venu plus aucune énergie[1].

1. Pour les autres activités susmentionnées.

Comme son nom l'indique, si vous partez pour une journée de Walk&Bike, vous ferez donc de la marche. Beaucoup, beaucoup de kilomètres. Et du vélo. Encore plus de kilomètres.

Notez qu'il aurait été possible d'aller jusqu'au Walk&Bike&Swim mais, au-delà d'être difficile à prononcer, cela aurait sans doute déplu au triathlon présent sur le marché depuis un moment déjà.

Plusieurs niveaux de difficulté sont proposés : niveau vert (10 km), niveau bleu (20 km) et enfin niveau rouge (30 km).

J'ai longuement hésité entre le bleu et le rouge, pour tout vous dire. Mais finalement, je me suis dit qu'il fallait savoir se montrer raisonnable et j'ai opté… pour le vert.

Une heure de Walk et une heure de Bike me paraissant suffisantes pour en parler ici.

Inutile d'investir en amont dans du matériel coûteux, une paire de baskets suffit pour la marche, quant au vélo, c'est fourni !

Walk

Quel que soit le niveau choisi, vous commencerez par la marche. Et la marche, on se dit que c'est facile, on en fait tous les jours sans y penser. Détrompez-vous ! Parce qu'à côté de « Walk » il manque un petit mot qualifiant ladite marche : « fast ». Car il ne s'agit pas de marcher tranquillement le nez en l'air et les cheveux au vent. Non, il s'agit de marcher à un rythme soutenu, minimum 6 kilomètres à l'heure.

Et quand, au bout de dix minutes, le moniteur est venu me dire que je ne savais pas marcher, moi qui le fais pourtant depuis plus de trente ans, croyez bien que ça m'en a mis un coup ! Mais en effet, force était de constater en le regardant faire que je n'y étais pas du tout. Il me manquait un élément essentiel : l'exagération des mouvements. Ceux des bras, du bassin et des jambes. Pour vous donner une image, c'est comme avoir très envie de faire pipi (mais genre après avoir bu 4 litres d'eau) et devoir aller vite, vite (vite) aux toilettes en serrant un peu les jambes histoire d'éviter les fuites. Vous l'avez ? Eh bien à cette posture du au-secours-j'ai-envie-de-faire-pipi, vous ajoutez les mouvements de bras d'avant en arrière, et hop ! le tour est joué.

Je me suis félicitée d'avoir opté pour le niveau vert car au bout d'une heure j'étais cuite et rouge cramoisie avec une furieuse et véritable envie d'aller aux toilettes à force d'avoir dû y penser tout le long du chemin pour garder la posture.

&Bike

Pendant que je marchais, vite donc, je n'avais qu'une seule pensée : poser mes fesses sur une selle et me reposer. À croire que j'avais complètement oublié qu'une selle de vélo n'était pas faite en matière de coussin de canapé… Quelle idée de les faire aussi dures ? Nos fesses méritent mieux, je le dis haut et fort.

Quelque peu échaudée, je craignais que l'on vienne me dire que je ne savais pas pédaler, heureusement il n'en a rien été. Mon amour-propre en sut gré au moniteur.

J'ai donc pédalé et pédalé et encore pédalé, jusqu'à ne plus du tout sentir mes fesses, ce qui m'a permis de me rendre compte au moment de descendre du vélo qu'elles étaient un élément également essentiel à la marche.

•

Le + : Des parcours balisés et sécurisés, des moniteurs qualifiés qui vous accompagnent, pas besoin de matériel, accessible à tous niveaux (il suffit de savoir marcher ou presque et de savoir pédaler).

Le - : L'absence de housse en gel pour recouvrir la selle et lui donner un aspect un peu plus coussin de canapé (comme pour celle de cheval).

Le prix : 20 euros de l'heure, soit de 40 euros (niveau vert) à 80 euros (niveau rouge).

L'adresse : *Walk&Bike Club* – 56, rue du Faux-Plat, 30370 Treille-les-Dunes.

– 25 –

J'ai dans les mains l'invitation à la fête d'anniversaire d'Albane qui a lieu ce soir. Elle en parle depuis des jours et des jours mais, au cas où on oublierait, elle a distribué des petites cartes qu'elle a glissées sous les portes des chambres. Une chance que Neige n'ait que peu d'appétence pour le papier, sinon je n'aurais pas donné cher de la jeune fille souriante qui en orne le dos.

Je n'ai pas gardé beaucoup de souvenirs de mes fêtes d'anniversaire. Sauf peut-être celle que nous avions organisée en commun, Xavier et moi, pour nos dix-huit ans. Parce que nous étions plus d'une centaine et que nous avions pu réunir tous nos amis dans une salle louée pour l'occasion. Je serais sans doute incapable de me rappeler le prénom de tous, et même de les reconnaître si je venais à les croiser dans la rue, mais c'était une très belle soirée. Nous étions heureux et insouciants, avec cette certitude que tout ou presque était possible, que nous avions la vie devant nous et que l'avenir nous appartenait.

J'aimerais pouvoir rembobiner le film et faire disparaître cette réalité dont Xavier et Meryl sont absents. Cette même réalité dans laquelle un homme adorable doit accepter que la femme de sa vie non seulement ne le reconnaisse pas mais, double peine, lui parle de celui dont elle est tombée amoureuse.

Depuis le restaurant, je n'ai cessé de culpabiliser et de m'en vouloir pour les mots que j'ai eus envers Gwenole. Je n'ai guère eu l'occasion de le croiser depuis : entre mes activités pour Voyag'Elles et ses absences – plus nombreuses que d'habitude, il me semble –, nous nous sommes à peine entraperçus.

J'ai bien l'intention de m'excuser une nouvelle fois ce soir, et me faire pardonner en augmentant sa collection de cravates d'un modèle on ne peut plus voyant, qui j'espère lui fera plaisir.

Albane a convié l'ensemble des clients de l'hôtel ainsi que ses amis. Elle a désormais treize ans et compte bien le faire savoir.

Pour l'occasion, le restaurant est envahi de ballons multicolores et les tables sont recouvertes de nappes en papier aux couleurs vives.

Et parce qu'ils sont un peu l'âme du lieu, les chiens sont aussi de la partie. Certains se sont trouvé des petits coins tranquilles pour se rouler en boule et se reposer de leur sans doute trop fatigante journée, d'autres vont et viennent entre les jambes des invités en quête d'une caresse ou plus probablement d'un morceau de saucisse cocktail.

— Elle est pas trop belle la salle comme ça ? m'accueille Albane avec cet enthousiasme qui ne la quitte jamais.

— Magnifique ! Et tu es toi aussi très jolie. Je vois que tu as osé sortir le fameux pull à perles.

— Oui, j'ai réfléchi depuis la dernière fois et je me suis dit que si je ne le mettais pas pour ma fête d'anniversaire alors que c'est mon pull préféré, autant ne pas avoir de pull préféré.

— Bonne philosophie, acquiescé-je. Tiens, c'est pour toi, dis-je en lui tendant mon cadeau.

— Oh, c'est trop gentil ! Vous n'étiez pas obligée ! Papa m'a dit qu'il ne fallait pas que les clients se sentent contraints d'apporter quelque chose, parce que ce sont des clients et pas des amis.

— Ne t'inquiète pas, je ne me suis pas sentie obligée, au contraire ça m'a fait très plaisir de te trouver ce petit cadeau.

— Est-ce que je peux l'ouvrir tout de suite ?

— Mais oui, bien sûr, il est pour toi, vas-y.

L'adolescente ne se fait pas prier et arrache plus qu'elle ne défait le papier cadeau. Je voulais quelque chose de personnalisé, qui ne se retrouvera pas dans tous les rayonnages des magasins d'ici deux mois. Alors j'ai mis à contribution Éliane, qui a créé pour Albane un cadre photo sur le thème du cinéma avec des étoiles lumineuses sur tout le pourtour.

— Tu n'auras plus qu'à glisser à l'intérieur une photo de toi.

— Je l'adore, il est vraiment trop beau ! C'est vous qui l'avez fait ?

— Ah non, hélas ! je n'ai aucun talent artistique. Mais j'ai des contacts, ça compense. C'est Éliane, qui tient la boutique dont j'ai parlé il y a quelque temps sur Voyag'Elles, qui a laissé parler son imagination.

— Il faut trop que j'aille le montrer à Agathe et Elsa !

Avant même d'avoir fini sa phrase, elle me tourne déjà le dos, et je la regarde courir vers ses amies. Je ne peux m'empêcher de sourire et prends soudain conscience que, bien malgré moi, je me suis attachée à cette gamine au-delà de ce que j'aurais cru possible. Je n'ai encore rien décidé quant à la date de mon départ de l'hôtel mais il faudra bien le quitter un jour, pour une autre région et d'autres gens. M'être attachée ne rendra pas les choses faciles.

J'aperçois Gwenole attablé seul et chasse de mon esprit ces pensées négatives.

— Bonsoir, cette place est prise ?

Il se tourne vers moi et me sourit.

— On dirait bien que les rôles sont inversés cette fois. Cette place est libre et n'attendait que vous.

Je m'assois et sors de mon sac la cravate emballée avec soin.

— C'est pour moi ? Mais pour quelle occasion ?

— Pour m'excuser !

— Mais vous excuser de quoi ?

— Pour l'autre soir. J'étais en colère après avoir eu ma mère au téléphone. Je n'aurais jamais dû m'en prendre à vous. Ce que j'ai dit sur votre femme… c'était méchant et je n'aurais jamais dû.

— Je sais très bien que vous êtes tout sauf méchante, chère Roxane. Il est inutile de vouloir vous faire pardonner en m'offrant quelque chose, dit-il tout en sortant de la pochette une cravate rouge avec une tête de cerf marron au milieu.

— Le nez clignote en vert si on appuie dessus. Je sais que ce n'est pas la période mais lorsque je l'ai vue, je n'ai pas pu résister.

— Elle est superbe ! Je n'avais pas encore de cravate clignotante, vous m'ouvrez de belles perspectives vestimentaires.

Il se penche vers moi et me fait une bise.

— Vous ne m'en voulez pas alors ? Vous êtes sûr ?

— C'est drôle que vous m'offriez cette cravate justement aujourd'hui, poursuit-il sans répondre à ma question. Parce que j'ai en commun cette date avec Albane, aujourd'hui c'est mon anniversaire de mariage. Le soixantième.

Gwenole me l'avait dit en effet. Je me sens au-dessous de tout d'avoir oublié.

— Je fais vraiment tout de travers. Vous y faire penser est la dernière chose que je voulais… Je suis une nouvelle fois désolée…

— C'est vous qui aviez raison, Roxane. L'autre soir. Je ne voulais pas l'admettre mais c'est pourtant la vérité. J'étais très mal placé pour vous conseiller d'arrêter de vous faire du mal et d'aller de l'avant. Parce que j'ai exactement le même comportement.

— Pas du tout ! Vous êtes juste…

— Un imbécile ?

— Un mari amoureux.

— Aussi. Mais les choses ne peuvent pas continuer ainsi. Il faut que j'accepte que la maladie a gagné et que mon épouse ne me reviendra pas. Que j'accepte et que je laisse s'envoler ce fol espoir. C'est désormais trop douloureux pour moi. Il est temps.

— Gwenole…

— J'ai beaucoup réfléchi depuis notre dîner. J'ai beaucoup marché aussi – je peux vous dire que si j'avais cinquante ans de moins, mes mollets feraient des ravages, plaisante-t-il, sans doute pour atténuer l'émotion que je sens monter en lui. Je vais espacer mes visites, vous m'avez donné envie de voyager avec vos histoires de cheval. Peut-être même que je finirai par traverser l'Atlantique pour aller à New York, je n'y ai jamais mis les pieds, et vous m'avez tellement bien vendu cette ville.

— C'est ma faute. Si je ne m'étais pas emportée…

— J'aurais perdu encore plus de temps. Et à mon âge, du temps, il m'en reste assez peu. Toutes ces dernières années, je me suis interdit tellement de choses, presque de vivre. Je voulais être là au cas où. Mais, à l'évidence, c'est un au cas où utopique. Ce ne sera pas tous les jours facile, je vais sans doute faire connaissance avec votre amie la culpabilité, mais depuis que j'ai pris cette décision, je me sens comme allégé d'un poids.

— À mon tour de vous demander de me faire une promesse.

— Tout ce que vous voulez, chère Roxane.

— Si un jour vous êtes prêt à traverser l'Atlantique, appelez-moi ! Je me ferai un plaisir de vous faire découvrir New York.

— Voilà une promesse facile à tenir. Bien plus que ce que je vous ai demandé, je dois le reconnaître. Mais ne revenons pas là-dessus, nous sommes là pour faire la fête ! Que voulez-vous boire ? Adolescentes oblige, il faudra nous contenter de jus de fruits, je crois.

— Un jus d'orange m'ira très bien, merci.

Gwenole est à peine levé que nous sommes rejoints par Frédéric.

— Est-ce que vous acceptez à votre table un modeste hôtelier en fuite ?

— En fuite ? Mais que fuyez-vous donc, mon cher Frédéric ? demande Gwenole non sans amusement.

— Sybille, une amie de ma fille qui cherche à me caser avec sa mère récemment séparée. Elle m'en a vanté les mérites pendant plus d'une demi-heure. Tout y est passé, ses talents de cuisinière, son humour, sa gentillesse…

— Voilà une femme qui paraît parfaite à tous points de vue, affirme Gwenole.

— Si l'on omet Claude François, peut-être…

— Claude François ? demandé-je, intriguée.

— Sa mère en est fan. Et apparemment, il est très présent dans son univers et dans sa décoration. Sybille m'a tout de même demandé si je voyais un inconvénient à dormir avec une couette à l'effigie du chanteur ou à avoir des toilettes tapissées d'un papier peint à sa gloire.

Gwenole éclate de rire.

— J'admets qu'il puisse y avoir quelque chose de problématique dans cette situation. Claude François imprimé sur une couette, il y aurait de quoi se sentir épié, je vous l'accorde. J'ai connu par le passé un cas similaire : nous avions une voisine qui était aussi fan d'un François, mais Frédéric de son prénom. À la limite, qu'elle soit en adoration devant lui, ça la regardait, même si je n'ai jamais compris ce que les femmes pouvaient lui trouver, ajoute-t-il sur le ton de la mauvaise foi, mais le souci, c'est qu'elle était sourde comme un pot et mettait sa musique à fond et cela, toute la journée. Du coup jamais je n'ai autant détesté la voix d'un chanteur. Il m'arrive encore parfois aujourd'hui de l'entendre lorsque je prends une douche ! J'en ai la chair de poule. Allez, venez vous réfugier ici, mon petit Frédéric. J'allais justement nous chercher, à Roxane et à moi-même, de quoi nous rafraîchir et trinquer à une importante décision que je viens de prendre. Que voulez-vous boire ?

— Peu importe tant que ça me tient éloigné du chanteur à paillettes.

Un silence gêné s'installe alors que nous regardons Gwenole s'éloigner.

— Je voudrais encore m'excuser pour la dernière fois, se lance Frédéric. J'ai vraiment fait preuve de maladresse.

— Vous ne pouviez pas savoir.

— Peut-être, mais malgré tout j'ai porté un jugement, je me suis laissé influencer par ma propre situation pour analyser la vôtre. Je n'aurais pas dû.

— Votre situation ? Par rapport à la mère d'Albane, vous voulez dire ?

— Oui. Elle et moi nous connaissions depuis déjà plusieurs années lorsqu'elle a découvert qu'elle était enceinte d'Albane. Elle exerce le métier de grand reporter et venait passer quelques jours voire quelques semaines ici, à l'hôtel, entre deux voyages. Nous entretenions une relation épisodique, bien que suivie. J'étais fou amoureux d'elle, je dois dire. Je croyais bêtement qu'un jour elle pourrait… Quand elle a su qu'elle était enceinte, elle a envisagé de se poser, de trouver un poste de journaliste dans une rédaction. Elle a même passé quelques entretiens. Mais une fois Albane née, l'appel de l'aventure a été le plus fort. Au fond de moi, même si je refusais de l'admettre, je savais qu'elle ne serait pas longtemps heureuse à regarder les autres partir, que ce que je pouvais lui offrir ne lui suffirait pas. Albane avait à peine quatre mois lorsqu'elle a accepté une nouvelle mission, tout en me disant qu'il s'agissait de la dernière. J'ignore si elle se mentait à elle-même ou si elle cherchait à me préserver. Toujours est-il que je ne l'ai plus revue.

— Plus jamais ? Mais, et Albane ?

— Cinq semaines après son départ, j'ai reçu des documents dans lesquels elle m'accordait la garde exclusive de notre fille et renonçait à ses droits parentaux.

— Je suis désolée…

— C'était il y a longtemps maintenant, et je ne regrette rien, elle m'a fait le plus beau des cadeaux en donnant naissance à ma fille. Elle envoie de temps à autre des lettres, ou des photos. Albane sait qui est sa mère, je ne lui ai jamais rien caché. Si elle en souffre, elle ne me le dit pas.

— Quand on la regarde, rien ne la différencie des autres adolescentes, affirmé-je à Frédéric alors que le rire d'Albane nous parvient à travers la pièce.

Elle a entamé avec ses amies une chorégraphie qui visiblement les rend hilares.

— Merci. Elle est ce que j'ai de plus cher au monde.

— Meryl… ma fille était aussi ce que j'avais de plus cher au monde. Il y a huit ans, être mère n'était pas dans mes plans, pas dans l'immédiat en tout cas. Je vivais une histoire avec son père depuis seulement quelques semaines et l'annonce de ma grossesse y a mis un terme. Je ne lui en ai jamais voulu, nous ne nous étions rien promis. Étrangement, alors que je ne m'étais jamais projetée dans une maternité, la question de la garder ou non ne s'est pas posée. Elle était là, n'avait rien demandé, je pouvais financièrement l'assumer, il n'y avait pas de problème en quelque sorte. Et pour moi, devenir mère ne signifiait pas obligatoirement renoncer à mon activité professionnelle. Certaines femmes le font et se consacrent à leur famille, je n'ai rien contre cela tant que chacun est heureux. Moi, j'avais besoin de continuer à voyager, à découvrir de nouveaux horizons, même si je devais le faire moins longtemps et différemment. Mon frère s'occupait de ma fille en mon absence, nous vivions dans le même immeuble, si bien qu'il n'y avait pas de grandes difficultés. Meryl vouait une adoration sans borne à Xavier. Et il le lui rendait bien. Ça me permettait de mettre en sourdine ma culpabilité. Et puis il y a eu l'accident…

Ma voix se brise.

— Vous n'êtes pas obligée de me parler de tout ça.

— Si, j'y tiens. Pendant des mois j'ai gardé tout ça pour moi, pensant qu'ainsi j'allais pouvoir tenir cette réalité à distance. La vérité, c'est que ne pas en parler n'éloigne rien et ne fait rien disparaître. Je dois de toute façon faire avec ma responsabilité.

— Il s'agissait d'un accident de voiture, non ? En quoi seriez-vous responsable ?

— Parce que c'est ma faute. Si j'avais été là ce jour-là, si j'avais été là les autres jours, si j'avais mis de côté mes envies personnelles pour faire passer ma fille en priorité… Elle et mon frère seraient encore là aujourd'hui.

— Et le chauffard ?

— La chauffarde, pour être exacte. J'ai appris lors du procès qu'il s'agissait d'une femme. Elle s'appelle Stéphane, j'ai bêtement cru que… Elle se rendait à l'école pour récupérer sa fille, elle roulait trop vite… Mais, elle, n'a été que très légèrement blessée. C'est toujours comme ça, non ? demandé-je amère. Les auteurs d'accidents s'en sortent indemnes. Et elle, elle peut toujours border sa fille le soir. Je lui en veux autant que je m'en veux. On me dit qu'il faut que j'aille de l'avant, que je pardonne, mais comment faire lorsque c'est impardonnable ?

— Je ne sais pas quoi vous répondre… Et je m'en veux encore plus pour mes propos de la dernière fois.

Je m'aperçois soudain que la main de Frédéric est posée sur la mienne. Troublée par cette intimité, je la retire brusquement.

— Je crois que Gwenole nous a complètement oubliés. Peut-être s'est-il fait lui aussi harponner par Sybille à la recherche coûte que coûte d'un homme pour sa mère fan de Claude François, débité-je à toute vitesse en me levant. Je vais aller voir ce qu'il fait.

Je le cherche du regard mais Gwenole ne semble nulle part. Je crois bien qu'il s'est volontairement éclipsé. N'a-t-il pas dit qu'il pensait que je plaisais à Frédéric l'autre jour ?

Le contact de sa main sur la mienne, sa sincérité, je mentirais si je disais que cela n'a rien éveillé en moi. Un aboiement me tire de ma réflexion. Sans m'en apercevoir, j'ai quitté la fête et me trouve dans le couloir en direction de ma chambre, Neige sautant joyeusement autour de mes jambes, en quête d'une caresse ou d'un lancer de balle.

— Roxane ? m'arrête Frédéric en me prenant le bras. S'il vous plaît, ne partez pas, je…

Je lis de l'incompréhension dans son regard, doublée d'une forme d'inquiétude. Mais aussi de la tendresse, je crois.

— Est-ce que j'ai dit quelque chose qu'il ne fallait pas ?

— Non. Bien sûr que non. C'est juste que…

Mes yeux n'ont pas quitté les siens. J'ai soudain le souffle court. Il se rapproche de moi puis m'embrasse avec beaucoup de douceur. Un baiser tendre auquel je m'abandonne l'espace d'un instant avant de reprendre mes esprits et de m'écarter de lui.

— Frédéric… Je suis désolée mais je ne peux pas. Je ne suis pas prête. C'est trop tôt.

— Je comprends. Je n'aurais pas dû.

— Si, c'était très agréable. C'est moi, j'ai besoin de temps, tout se bouscule en ce moment.

— Je suis soulagé, plaisante-t-il pour détendre l'atmosphère et dissiper la gêne, un instant j'ai cru que mon meilleur atout de séduction m'avait abandonné ! Vous ne me croirez peut-être pas, mais à une époque j'étais redoutable à ce niveau-là.

— Ah oui ?

— Mais oui. Des heures et des heures d'entraînement devant la glace et sur mon bras.

— Elles en valaient la peine, ajouté-je avec un sourire.

— Je vais retourner voir ce qu'il se passe de l'autre côté. Vous dînez avec nous ce soir ? Si vous croisez Gwenole, qui apparemment s'est trompé de chemin pour aller chercher les cocktails de jus de fruits, appuie-t-il d'un clin d'œil, invitez-le également.

Puis il se penche vers moi et dépose un baiser sur ma joue avant de s'éloigner.

Allongée sur mon lit, Neige sur moi, les deux pattes avant sur ma poitrine, me léchant généreusement le menton, je repasse en boucle la scène qui vient de se dérouler avec Frédéric, sans oser admettre où se situe réellement le blocage.

— Tu as la belle vie, toi, hein? dis-je à la petite chienne. Tu es loin de toutes ces considérations humaines. Tant que tu as des croquettes dans ta gamelle et des caresses régulières, tu remues la queue.

Quelques coups frappés à la porte stoppent mon débarbouillage en cours ; Neige saute du lit et jappe devant la porte.

Mon petit doigt me dit qu'il y a derrière cette porte un vieux monsieur tout penaud de sa disparition orchestrée de tout à l'heure.

— Je vous préviens, mon cher Gwenole, que je ne suis pas dupe une seule minute concernant votre attitude et qu'il va falloir vous faire pardonner, lancé-je amusée avant d'aller ouvrir la porte.

— Bonsoir Roxane.

— Maman ?

— Il est grand temps que nous ayons une discussion, tu ne crois pas ?

– 26 –

Je suis assise sur le lit, tendue, à regarder ma mère caresser Neige. La chienne est en pleine opération de séduction, couchée sur le dos, les pattes en l'air.

— Comment s'appelle-t-elle ? Je ne savais pas que tu avais adopté un animal.

— Elle s'appelle Neige. Elle n'est pas à moi. Elle a été recueillie par Albane, la fille de Frédéric.

— Frédéric ?

— Le directeur de l'hôtel. C'est le concept de l'établissement, les clients peuvent adopter l'un des chiens en pension ici. À chaque chambre son chien.

— En voilà un concept original, tu devrais en parler sur ton blog. Ça y aurait tout à fait sa place, non ?

— Tu n'es pas là pour me parler de mes activités professionnelles, j'imagine, coupé-je court assez sèchement. Et puis d'ailleurs, comment as-tu su où je me trouvais ? C'est Sam qui te l'a dit ?

— Ne lui en veux pas, je ne lui ai pas laissé le choix. Après notre conversation téléphonique, je suis allée la voir dans vos locaux et je lui ai dit qu'il fallait impérativement que je te voie, que c'était une question de vie ou de mort.

Elle s'assoit près de moi. Je devine qu'elle voudrait me prendre dans ses bras, mais craignant sans doute ma réaction et certainement peu encline à essuyer un rejet, elle n'en fait rien. Elle regarde la pièce et, petit à petit, ses yeux se perdent dans le vague.

— Quand vous étiez petits, Xavier et toi, chaque matin, je vous retrouvais dans le même lit. Le plus souvent le tien. Il n'y avait pas moyen de vous faire entendre raison. Vos lits n'étaient pas très larges, pourtant, mais vous vous en fichiez. J'ai lutté pendant des mois avant de laisser tomber.

Xavier faisait beaucoup de cauchemars. Il avait une peur bleue des sorcières et chaque ombre dans sa chambre lui donnait l'impression qu'il y en avait une là, tapie, prête à lui sauter dessus dès qu'il serait seul et fermerait les yeux. Je me souviens que chaque soir en se couchant il se promettait d'être le plus fort, et je sais qu'il essayait de toutes ses forces. Il s'entourait de ses peluches, récitait des formules magiques que nous inventions ensemble, mais invariablement la peur l'emportait et je finissais par entendre ses pas dans le couloir puis à sentir son petit corps se coller au mien. « Est-ce que je peux dormir avec toi, Roxane ? » me demandait-il. Je me rappelle que ça m'ennuyait un peu parce que, en effet, nos lits n'étaient pas très grands et que nous n'avions pas beaucoup de place à deux dedans. Il me donnait chaud, collé à moi. Mais je lui répondais que ça ne me dérangeait pas, parce que grâce à ça, je me sentais importante. Grâce à moi il était capable de trouver le sommeil. J'étais plus forte que les ombres sorcières, et ça me rendait fière. Je ne sais plus combien de temps cela a duré, plusieurs années en tout cas. Je pense qu'à un moment la peur des sorcières a disparu, mais l'habitude, elle, s'était installée.

— Pourquoi est-ce que tu me parles de ça ? demandé-je d'une voix que j'aurais voulu moins émue.

— Parce que c'est encore plus douloureux quand on n'en parle pas. Parce qu'il était mon fils et que sa mort n'a pas fait disparaître mon amour pour lui, ajoute-t-elle d'une voix moins assurée au bout de quelques secondes.

Je me lève brusquement et suis surprise par la vague de colère que je sens monter.

— Pourquoi es-tu aussi cruelle, maman ? Tu débarques comme ça à l'improviste et que fais-tu à peine arrivée ? Tu me parles de Xavier ! Qu'est-ce que tu attends de moi ? Que je t'écoute sans rien dire ? Que nous évoquions les bons souvenirs, que nous rigolions aussi, pourquoi pas, à l'évocation de telle ou telle anecdote ? Toi, tu le peux peut-être mais moi non. Chacun gère son chagrin comme il le peut, maman.

— Le chagrin est une chose, mais toute cette colère… Pourquoi es-tu en colère contre moi, Roxane ?

— Pourquoi est-ce que je suis en colère ? Tu oses me demander pourquoi ? Mais parce que Xavier est mort ! Il est mort ! J'ai perdu mon frère. Et toi, ton fils adoré, l'enfant dont tu étais le plus proche, celui que tu aimais le plus. Avoue qu'au fond de toi si tu avais pu choisir qui était au volant ce jour-là…

— Je t'interdis de dire une chose pareille ! m'interrompt-elle, le visage livide. Jamais je ne pourrais imaginer une telle monstruosité, jamais ! Nous avions des relations différentes mais je vous aimais tous les deux aussi fort. C'est pour ça que tu es en colère ? C'est pour ça que tu m'en veux ? Parce que tu crois que…

— C'est toi qui devrais être en colère et m'en vouloir, maman ! hurlé-je soudain. Toi. Parce que Xavier est mort et que c'est ma faute ! Le fils que tu aimais tant est mort et c'est moi qui l'ai tué !

Mon corps est saisi de tremblements, mes joues sont inondées de larmes.

— Pourquoi dis-tu ça ? C'est insensé ! Tu n'y es pour rien du tout. Tu n'étais même pas là lorsque c'est arrivé.

— Tu ne comprends pas que c'est justement parce que je n'étais pas là que c'est arrivé ! Parce que j'ai fait preuve d'égoïsme, que j'ai continué à travailler après la naissance de Meryl, à partir loin pendant plusieurs jours d'affilée. J'ai obligé Xavier à assumer ma fille pendant mes absences, c'est moi qui l'ai mis dans cette foutue voiture, moi seule. Je hais du plus profond de mon être celle qui a tué ma fille mais c'est à cause de moi si toi, tu as perdu ton fils. Tu ne comprends pas que chaque fois que l'on se voit, je redeviens l'assassin de ton fils ! Pourquoi n'es-tu pas en colère contre moi, maman ? Comment fais-tu pour ne pas me détester ? Si tu savais comme moi je me déteste…

Mes sanglots s'intensifient, je pleure comme je n'ai pas pleuré depuis des semaines, à m'en couper la respiration. Cette fois ma mère s'approche de moi, et sans plus réfléchir me serre dans ses bras.

— Jamais je ne pourrais être en colère contre toi, ma chérie. Ce n'est pas ta faute, Roxane. Jamais je ne t'ai tenue pour responsable de la mort de Xavier, et jamais je ne t'en tiendrai pour responsable, je veux que tu en sois certaine. Toute cette culpabilité que tu portes… Ma chérie, ma fille adorée. Tu dois arrêter de te voir comme l'assassin de ton frère. Et si à un moment ou un autre tu as cru déceler cela dans mes yeux, je m'en excuse car ce n'est pas le cas du tout. Je souffre tant de cette distance qui s'est installée entre nous. Tu es tout ce qu'il me reste aujourd'hui et chaque jour je prie pour qu'il ne t'arrive rien. Je ne sais pas comment m'y prendre pour que nous retrouvions ce qui nous liait, j'ai l'impression de ne jamais faire ou dire ce qu'il faut.

Tu sais, te sentir aussi éloignée alors que tu es en vie, c'est presque plus douloureux pour moi que la perte de ton frère. Je t'aime, Roxane. Plus que tu ne le penses, visiblement.

De manière presque imperceptible, elle me berce. Pendant de longues minutes, dans un mouvement lent et enveloppant, elle me berce. Peu à peu mes larmes cessent de couler, le chagrin qui m'oppresse desserre son étreinte.

— Xavier était si heureux de s'occuper de Meryl. Il aimait ta fille comme si elle était la sienne. Jamais il n'a émis la moindre plainte à ce sujet, jamais. Lorsqu'ils étaient tous les deux, il rayonnait. Ce lien que tu lui as permis de créer avec sa nièce, il le voyait comme un cadeau inestimable. Absolument pas comme une charge. Ce n'est pas moi qui vais t'apprendre à quel point il pouvait être têtu, alors jamais il n'aurait accepté de faire quelque chose contre son gré, tu peux en être certaine.

— Meryl l'aimait tellement ! Quand je rentrais de déplacement, elle me racontait par le menu toutes les choses fun qu'ils avaient faites ensemble. La veille de l'accident…

Ma voix se brise, tout ça est si douloureux.

— La veille de l'accident, reprends-je, nous nous sommes disputés lui et moi. Je lui ai reproché de vouloir prendre ma place, de chercher à être un meilleur parent que moi. Il avait pris des billets pour emmener Meryl voir le concert de Louane. Un concert qui devait avoir lieu en pleine semaine. Et moi, je le lui ai reproché, arguant qu'ensuite Meryl serait fatiguée… La vérité, c'est que j'étais jalouse de mon propre frère. Jalouse de ce lien qui existait entre elle et lui. Jalouse et envieuse. Le lendemain, j'ai reçu ce coup de fil… Et il était mort.

— Ta fille t'aimait infiniment, Roxane. Elle parlait également sans cesse de toi. Tu étais sa mère et jamais rien n'aurait pu altérer ça.

— C'est ce que m'a dit Xavier aussi… Mais je n'ai pas été capable de l'entendre. Les derniers mots qu'il a entendus de ma part étaient si injustes. Je n'ai pas eu l'occasion de m'excuser.

— Je suis certaine qu'il savait que tu ne pensais pas ce que tu disais. On se laisse tous emporter par nos émotions, c'est humain.

— Oui, mais en principe on a la possibilité de demander pardon… Mais à cause de cette femme…

— C'est aussi pour ça que tu lui en veux ? Parce qu'à cause de l'accident tu n'as pas pu t'excuser auprès de Xavier ?

— Non. C'est parce qu'elle n'a pensé qu'à elle, à la chute de sa fille. Pas une seconde elle ne s'est dit qu'il pouvait être dangereux de rouler si vite, de griller un stop ! Si elle avait été moins égoïste…

— Tu n'es pas égoïste, Roxane.

— Ce n'est pas de moi dont il s'agit.

— Je crois que si, au contraire.

Elle s'écarte de moi, prend mes mains dans les siennes et les presse.

— Ces reproches, c'est à toi que tu les adresses. Tu n'as rien à te reprocher, rien du tout. Tu aimais ta fille et elle le savait. Tu aimais ton frère et il le savait. Quant à ce qui est arrivé, c'est un accident. Bien sûr, Stéphane a des torts, et crois-moi ça la ronge elle aussi, mais c'était un accident. Combien de fois ai-je roulé trop vite parce que j'étais en retard pour venir vous récupérer à l'école ou à la garderie ? Combien de fois ! Moi aussi, j'aurais pu me retrouver dans sa situation.

— Comment fais-tu, maman ? demandé-je après un temps de silence.

— Comment je fais quoi ?

— Pour ne pas la détester. Pour ne pas souhaiter qu'elle aussi soit morte dans cet accident.

— Oh, je l'ai souhaité au début ! J'ai même fait des prières en ce sens, c'est dire ! Sauf que ça n'aurait rien changé à la mort de Xavier et Meryl. À quoi bon ajouter de la haine et de la colère à la douleur de la perte ? Si la haïr permettait de les faire revenir, je peux t'assurer que personne ne la haïrait plus que moi, personne. Mais, hélas, je ne peux rien changer à ce qu'il s'est passé. Et toi non plus. Tous ces reproches que tu te fais, que tu *lui* fais ne les ramèneront pas, Roxane.

Cette fois, c'est elle qui pleure. Et ça me bouleverse au-delà de ce que j'aurais cru.

— Quand il arrive un malheur, reprend-elle, on voudrait tous réécrire l'histoire, avoir fait d'autres choix, avoir prononcé d'autres mots. Mais à quoi bon puisqu'on ne peut pas ? Moi aussi, je m'en suis voulu, tu sais.

— Pour quelles raisons ? Tu n'avais rien à te reprocher.

— Parce que ça faisait des semaines que je voulais proposer à Xavier d'emmener Meryl à l'école… Et que si je l'avais fait ce matin-là, peut-être que j'aurais emprunté une route différente, peut-être que nous nous serions arrêtées à la boulangerie pour acheter un pain au chocolat… J'ai ressassé toutes ces possibilités dans ma tête pendant des jours et des jours jusqu'à en perdre le sommeil. Jusqu'à réaliser que cela ne servait à rien. La vie… Eh bien la vie doit continuer, et c'est moins difficile si on s'allège un peu de tous les scénarios possibles et de tous les reproches.

— Je ne savais pas, maman… Je suis désolée d'avoir mis autant de distance entre nous. De ne pas avoir partagé tout ça avec toi.

— Je ne t'en veux pas, ma chérie. Tout à l'heure, tu as dit quelque chose qui m'a fait réfléchir. Tu as dit que chacun faisait comme il le pouvait pour gérer son chagrin. Tu as raison, je n'aurais pas dû te parler de Stéphane, ni te demander de lui pardonner. Ça t'a blessée et j'en suis désolée.

Elle me lâche les mains, se lève et se dirige vers son sac à main qu'elle a posé sur le bureau qui se trouve dans ma chambre. Pensant, j'imagine, qu'une promenade se prépare, Neige s'est précipitée vers la porte en jappant.

— Cette petite chienne est vraiment adorable. Je sais ce que tu vas m'objecter mais je crois que tu devrais vraiment penser à l'adopter.

Elle extrait une enveloppe blanche de son sac à main, qu'elle me tend après quelques secondes d'hésitation.

— Je lui ai promis de te la remettre… Mais rien ne t'oblige à la lire. Le jour où tu te sentiras prête…

— Je crois que Neige a envie de se dégourdir les pattes, tu m'accompagnes pour la promener ? proposé-je un peu vite, incapable de prendre cette enveloppe.

Je me lève pour attraper la laisse suspendue à un crochet près de la porte de la salle de bains, déclenchant par là même des aboiements joyeux.

Tant bien que mal, j'attache la laisse au collier de Neige. Derrière moi, je devine que ma mère pose l'enveloppe sur le bureau.

— Rien ne pourrait me faire plus plaisir, ma chérie. Cet hôtel est superbe ! Et le directeur qui m'a accueillie avait l'air charmant.

Je la vois venir, mais n'ayant aucune envie de m'aventurer sur ce terrain-là, je ne réponds pas.

— Et sinon, mon billet de retour n'est que demain après-midi, poursuit-elle heureusement. Ça te dérangerait de me faire partager tes aventures en Voyag'Elles avant que je ne m'en aille ?

Soulagée, je m'empresse d'accepter et lui présente le programme prévu pour le lendemain.

Les aventures de Roxane en Voyag'Elles

« Le parfum, imagine, le parfum… »

Qui n'a jamais rêvé de porter un parfum unique, créé uniquement pour soi ? Pour laisser dans la mémoire des gens que l'on croise une trace olfactive qui n'appartienne à personne d'autre.

Eh bien, c'est justement ce que propose Augustine dans son *Laboratoire des Senteurs.*

La promesse est belle : trouver son identité olfactive et repartir avec une petite fiole d'essences assemblées pour ravir notre odorat et si possible celui des autres.

Pour trouver cette identité, il faut cependant s'armer d'un peu de patience.

Tout d'abord, Augustine distribue aux personnes présentes un questionnaire dont l'objectif est de mieux connaître leurs goûts et dégoûts en matière d'odeurs.

Tout y passe : les fleurs, les aliments, et même les effluves corporels.

Oui, oui, vous avez bien lu, les effluves corporels. La question « Aimez-vous les odeurs de transpiration ? » est une question tout à fait sérieuse apparemment. Pour le cas où certaines personnes aimeraient les odeurs de vestiaire, il serait dommage de les priver de cette possibilité d'en retrouver une trace dans leur identité olfactive.

Puis, en fonction de l'intensité des odeurs qu'elle a déclaré apprécier ou détester, chaque personne se voit attribuer par Augustine une couleur. Il y en a quatre : rose, vert, jaune et noir.

En ce qui me concerne, le questionnaire a révélé que j'étais verte.

Une fois cette couleur déterminée, chacun se dirige vers une table dédiée sur laquelle sont disposées des dizaines de fioles non étiquetées que l'on doit respirer et noter de 1 à 4, histoire d'affiner encore un peu plus l'analyse de nos goûts.

À l'issue de cette étape, seules les dix fioles les mieux notées sont conservées.

Commence alors le dernier travail, plus laborieux et aléatoire, celui des mélanges.

Augustine fournit à chacun une base florale dans laquelle il faut verser quelques gouttes de ceci et quelques gouttes de cela, prélevées dans nos dix fioles sélectionnées, en prenant bien soin de noter dans un carnet le mélange que l'on réalise afin de ne pas refaire deux fois le même.

Il est possible de recommencer autant de fois que vous le souhaitez afin de parvenir au résultat qui vous convient le mieux.

Une fois votre choix fait, Augustine lève le voile sur les essences choisies en vous fournissant la recette exacte de votre parfum, avant de le verser dans une jolie bouteille en verre qu'il est possible de faire graver.

Pour ceux que cela intéresse, le parfum *Roxane* est composé d'essence de bois de rose, de notes citronnées, d'extrait de jus de concombre et d'une touche de rhubarbe. On dirait un cocktail detox un peu bizarre, mais cela sent divinement bon.

L'activité est vraiment agréable et ludique.

J'aurais dû me méfier… car les réjouissances ne s'arrêtent pas là !

En effet, ensuite, Augustine propose une séance de découverte du yoga, au son du mantra « Un odorat sain dans un corps sain » probablement.

Pour ceux qui n'en connaîtraient pas le principe, le yoga est une activité dans laquelle on positionne lentement son corps dans des postures aux noms improbables : la posture du chien museau face au ciel, de la pince (ou de la demi-pince selon qu'on est radin ou non), de la charrue, du poisson, de la tortue, de l'équilibre plié en 8 (si, si, c'est possible apparemment) et ma préférée, celle de la cigogne.

Pour cette posture, Augustine nous a invités à voir notre corps comme une chute d'eau. Jambes tendues, il faut donc faire basculer sa colonne vertébrale vers l'avant, telle une chute d'eau donc, jusqu'à parvenir à mettre ses mains sous ses pieds tout en collant son nez sur ses genoux.

La tête ainsi penchée en avant apporte du sang frais au cerveau, nous a indiqué avec enthousiasme Augustine.

Mieux vaut bien entendu ne pas avoir mangé des flageolets avant de prendre cette posture, sous peine de réduire à néant tout le plaisir olfactif de l'activité précédente…

Pour ma part, peu de danger à ce niveau-là, vu que ma colonne vertébrale n'a jamais dû voir de chute d'eau de sa vie, refusant de basculer vers l'avant et de se courber complètement.

Tant pis pour le sang frais au cerveau ou le grattage de la plante de ses pieds tout en gardant les jambes tendues, il faudra faire sans.

•

Le + : Activités qu'il est possible de réaliser en famille avec des enfants à partir de huit ans. Et l'on repart avec la recette de son parfum, ce qui permet de le composer soi-même une fois la bouteille vide.

Le - : La position du demi-lotus en équilibre sur les orteils… et la chute inévitable qui y est associée.

Le prix : 60 euros incluant la bouteille de parfum de 50 ml personnalisable et le cours de découverte du yoga.

L'adresse : *Le Laboratoire des Senteurs* – 38, rue des Magnolias, 30450 Tourbière-en-Salins.

– 27 –

Après cette matinée passée avec ma mère, entre composition de parfum et posture de la cigogne, nous sommes allées déjeuner dans un petit restaurant dont j'avais lu le plus grand bien en préparant mon voyage.

Il y a souvent eu des silences, que nous compensions en admirant le dressage de nos assiettes – délicieuses en effet – mais dans l'ensemble je dois avouer que c'était un moment plutôt agréable. Il n'a pas été question de Xavier ni de Meryl mais de l'instant présent.

Je lui ai parlé de Gwenole, de mon affection pour lui, de son désespoir devant la maladie de sa femme et de la peine qu'il me faisait, mais également d'Albane et de ses talents de comédienne. Il a aussi été question de la mise en vente de mon appartement et du déménagement à prévoir. Ma mère m'a proposé de contacter l'une de ses amies, agent immobilier, pour faciliter les démarches. Elle n'a pas essayé de me convaincre de rester dans ce lieu et je lui en suis reconnaissante. Je sais qu'il me serait beaucoup trop difficile de vivre de nouveau dans cet endroit qui a vu naître et grandir ma petite fille chérie. Alors à quoi bon le conserver ?

Ce n'est sans doute pas à cette fuite que pensaient les uns et les autres en m'exhortant à aller de l'avant, mais c'est la première décision qui s'est imposée à moi.

Sur le quai de la gare, juste avant qu'elle monte dans son train, alors que j'essayais de toutes mes forces de tenir le souvenir de Meryl à distance, ma mère m'a prise dans ses bras et, après m'avoir dit qu'elle m'aimait, m'a fait promettre de ne plus rompre le contact.

J'ai regardé son train s'éloigner et suis restée pendant de longues minutes sur le quai, les yeux dans le vague, me laissant un peu de temps.

* * *

Il est déjà plus de 15 heures lorsque je suis de retour dans ma chambre. Est-ce le yoga ou ces quelques heures passées en compagnie de ma mère, sans doute un peu des deux, toujours est-il que je me sens bien plus légère.

Je m'assois en tailleur sur le lit fait de manière impeccable, avantage non négligeable de séjourner dans un hôtel, et compose le numéro de Sam.

— Allô ? répond-elle d'une voix que je devine inquiète. Tu m'appelles pour me dire à quel point je suis une mauvaise amie ? Je te jure que ta mère ne m'a pas laissé le choix. Elle a menacé de s'enchaîner à un bureau et de commencer une grève de la faim si je ne lui indiquais pas où tu te trouvais et m'a ensuite fait promettre de ne pas te prévenir de son arrivée contre un an de baby-sitting pour ma future progéniture.

— Tu es enceinte ?

— Pas à ma connaissance, non ! Mais dans l'hypothèse où ça m'arriverait, je me suis dit qu'avoir une baby-sitter de confiance ne serait pas du luxe.

Malgré moi, j'éclate de rire.

— Ça fait une éternité que je ne t'ai pas entendue rire, remarque Sam. Tu ne peux pas savoir comme cela me fait plaisir. Dois-je en déduire que tu n'es pas trop fâchée ?

— Ça dépend. Si je suis très fâchée, tu m'offres des billets d'avion pour New York ?

— Ça peut se faire.

— Alors je suis on ne peut plus fâchée, il n'y a pas plus fâché que moi sur cette terre en cet instant. Réserve les billets d'avion en date ouverte, ajouté-je.

— Ça s'est passé comment avec ta mère ?

— Je dirais que ça nous a fait du bien à toutes les deux. J'ai compris un certain nombre de choses sur ma colère et mon autoculpabilisation. Elle a compris qu'elle ne pouvait attendre de moi que je gère ma peine de la même manière qu'elle. Chacune a fait un pas vers l'autre, en somme. Merci d'avoir plié devant sa menace de s'enchaîner à un bureau.

— Tout le plaisir était pour moi. Bon, et sinon comment ça se passe en Camargue ? De ce que je peux en lire, la région a l'air sympa, avec pas mal de choses à faire.

— Franchement, oui, c'est vraiment très sympa.

— Tu prévois de revenir quand ?

— D'ici quelques jours je pense… La semaine prochaine sans doute.

— Ça n'a pas l'air de te réjouir.

— Si… C'est juste que… Disons que je me suis attachée bien plus que je n'aurais dû, je crois, aux personnes que j'ai rencontrées.

Je pense à Gwenole, à Albane, et forcément un peu à Frédéric aussi. Lui qui nous a accueillies ce matin, ma mère et moi, avec un grand sourire à l'entrée de la salle de restaurant, ne me tenant nullement rigueur de l'avoir repoussé hier. Et puis, je pense à Neige, cette petite boule de poils blanche qui ferait fondre même un billot de bois.

Neige qui curieusement n'est pas sur mon lit, son endroit de prédilection lorsque je suis dans la chambre. Neige que je n'ai pas non plus croisée dans les couloirs en rentrant de la gare. Bizarre…

Je parcours rapidement la chambre du regard avant d'apercevoir deux petites pattes qui dépassent sous la porte de la salle de bains.

— Neige ? Tu boudes ?

— Euh, moi c'est Sam… répond mon amie, amusée, au bout du fil.

— Pardon, Sam. J'appelais…

Étonnée et aussi quelque peu inquiète de ne pas obtenir la réaction attendue, je me lève du lit pour me diriger vers la salle de bains et y découvrir Neige, étendue sur le sol, visiblement inconsciente.

— Oh mon Dieu, non, Neige ! crié-je le combiné toujours à l'oreille.

— Un souci ? demande Sam. Ça n'a pas l'air d'aller, Roxane !

— C'est Neige ! Je te laisse, dis-je en raccrochant brusquement et en balançant le téléphone derrière moi sans trop me soucier des dégâts éventuels que peut provoquer son atterrissage.

Le corps de la chienne est comme tétanisé, de la bave mousseuse recouvre une partie de ses babines et sa langue pend hors de sa gueule.

Je vois soudain le câble d'alimentation du sèche-cheveux sectionné gisant à côté d'elle, et il ne me faut que quelques secondes pour comprendre ce qui a dû se produire. Je suis partie ce matin en laissant par mégarde mon sèche-cheveux branché, tentation bien trop grande pour un animal aimant grignoter des choses. Je me baisse pour prendre la chienne dans mes mains, et colle mon oreille contre son flanc. Il me semble percevoir les faibles bruits de quelques battements de cœur. Elle est encore vivante. Rassérénée, j'attrape l'animal et me précipite hors de ma chambre.

— Il y a quelqu'un ? S'il vous plaît, j'ai besoin d'aide ! hurlé-je dans le couloir.

Personne ne se manifestant, je me dirige vers le hall de l'hôtel dans l'espoir d'y croiser Frédéric. Hélas, sans succès. La réception comme la salle de restaurant sont désertes. À cette heure de la journée, les clients ne sont sans doute pas encore rentrés de leurs promenades ou autres occupations, Albane doit être au collège, Gwenole est certainement en balade et Frédéric je ne sais où.

Il faut que j'emmène la chienne chez un vétérinaire au plus vite. Je suis tentée un instant d'appeler les pompiers mais, le temps qu'ils arrivent et sans certitude qu'ils acceptent de prendre en charge un chien, j'écarte l'idée. Soudain, je me souviens qu'il y a une voiture disponible pour les clients, ici. Frédéric nous l'avait proposée, à Gwenole et à moi, pour nous rendre à la maison de retraite dans laquelle sa femme est hébergée.

La chienne toujours dans les bras, je fais le tour du bar faisant office de réception et repère assez vite sur le tableau en liège un trousseau avec une clé ressemblant à une clé de voiture, dont je me saisis sans trop me poser de questions. Pourvu que je ne fasse pas erreur ! Je me précipite ensuite à l'extérieur de l'hôtel, contourne le bâtiment pour aller sur le parking. Une voiture s'y trouve en effet garée.

— Au secours, à l'aide ! hurlé-je de nouveau au cas où une personne surgirait de nulle part pour nous conduire chez le vétérinaire.

Espoir vain.

Je déverrouille les portières de la voiture et, soulagée d'avoir trouvé le bon trousseau de clés, installe Neige sur le siège passager avant.

— Tiens bon, Neige, tiens bon !

Puis je fais le tour pour m'asseoir sur le siège conducteur, je place la clé dans le contact et là… impossible de démarrer.

Impossible… Ma main est saisie d'un tremblement et mon cœur se met à battre de manière désordonnée. Une peur froide m'envahit complètement. Des images de tôle froissée, de carcasses de voitures brouillent ma vision, accompagnées de cris de terreur. Je revois ma fille allongée à l'hôpital, le visage et le corps tuméfiés. C'est si violent que je suis prise d'une brutale envie de vomir. J'ai à peine le temps d'ouvrir la portière pour rendre le contenu de mon repas sur le bitume.

« Je ne vais pas pouvoir, j'en suis incapable, je… »

En pleurs, je m'apprête à quitter le véhicule quand mon regard se pose sur le corps de la petite chienne. Les images de tôle froissée s'estompent peu à peu pour laisser apparaître celle d'une Neige à la queue frétillante, jappant de joie à l'idée de faire une promenade.

Je ferme les yeux, respire longuement et mobilise toute mon énergie pour repousser la panique.

« Tu peux y arriver, maman, je sais que tu peux y arriver ! »

J'ouvre brusquement les yeux et me retourne vers les sièges arrière, à la recherche de quelque chose de fou, mais il n'y a personne. Cette voix… c'était celle de Meryl.

Je prends une grande inspiration puis pose ma main sur la clé déjà fichée dans le contact. Elle tremble toujours un peu mais cette fois-ci je parviens à la tourner pour faire démarrer la voiture. Tout en continuant à inspirer et expirer, lentement, je pose ensuite une main sur le volant, l'autre sur le levier de vitesses afin d'enclencher la marche arrière, et le véhicule s'ébranle.

En mode automatique, je passe ensuite une vitesse, pose le pied sur l'accélérateur et quitte le parking.

* * *

À peine dix minutes plus tard, je déboule, Neige dans les bras, chez le vétérinaire le plus proche que j'ai pu trouver à l'aide du GPS.

Une secrétaire vient aussitôt à ma rencontre. Je n'ai pas besoin de lui expliquer la situation qu'elle devine sans doute aisément à mon visage ravagé par les larmes : elle m'invite à la suivre et ouvre la porte d'une salle de soins. Un vétérinaire nous rejoint quasiment dans la foulée, me prend la chienne des mains et la pose sur la table d'examen.

— Elle a dû s'électrocuter ! expliqué-je affolée. J'ai retrouvé le fil d'alimentation de mon sèche-cheveux sectionné. Dites-moi qu'elle va s'en sortir, je vous en supplie, dites-moi que ça va aller ! imploré-je.

Gardant son calme, le vétérinaire examine Neige, et, à l'aide d'un stéthoscope, écoute son cœur.

— Elle est en vie, son cœur bat faiblement et avec quelques extrasystoles mais il bat. Je vais lui injecter un décontractant musculaire, ça devrait la soulager. La décharge n'a pas dû être trop importante, je pense qu'elle devrait se rétablir.

Joignant le geste à la parole, il prépare quelque chose qu'il injecte ensuite dans le cou de la chienne.

— Voilà. Il n'y a maintenant rien d'autre à faire qu'attendre. D'ici quelques heures, si tout va bien, elle sera remise sur pattes, m'indique-t-il en caressant le pelage de Neige. Vous l'avez trouvée à temps.

Alors que je patiente dans la salle d'attente, rongée par l'inquiétude, résistant à l'envie de me lever toutes les minutes pour demander des nouvelles de ma chienne, je cherche mon téléphone portable dans mon sac à main afin de prévenir Frédéric de l'emprunt de la voiture. J'ai beau fouiller, je ne trouve rien. Au bout de quelques minutes, je me rappelle l'avoir jeté dans ma chambre après avoir raccroché d'avec Sam. J'étais tellement affolée par la découverte de Neige inanimée que je suis partie sans prendre le temps de le ramasser.

— S'il vous plaît ? demandé-je à la secrétaire en m'approchant du comptoir d'accueil.

— Oui ?

— J'ai oublié mon téléphone et il faudrait que je puisse prévenir que je suis ici. Vous est-il possible d'appeler un hôtel ?

— Bien sûr, quel est le numéro ?

— Je ne le connais pas, désolée. Il s'agit de l'hôtel *Au Meilleur Ami de l'Homme.*

— C'est là où vit la petite Albane ? Elle vient régulièrement ici pour les vaccins des chiens qu'ils ont en pension.

— Neige est l'une des pensionnaires. Elle a choisi ma chambre et… je vais l'adopter.

Si je suis surprise de m'entendre affirmer cela tout haut, cela m'apparaît pourtant comme une évidence. Je me suis trop attachée à cet animal pour m'en séparer.

Je regarde la secrétaire composer le numéro tout en espérant que Frédéric n'ait pas signalé le vol de la voiture à la police.

— Allô, ici la clinique vétérinaire. J'ai devant moi une personne qui souhaite vous parler, indique la secrétaire avant de me tendre le combiné.

— Allô ? Frédéric ?

— Roxane ? Il y a un souci ?

— C'est Neige… Elle s'est électrocutée en mâchouillant le fil de mon sèche-cheveux. Comme il n'y avait personne, j'ai dû emprunter la voiture que vous nous aviez proposée à Gwenole et à moi. Je voulais vous prévenir, mais dans la précipitation je suis partie sans mon téléphone.

— Ne vous inquiétez pas pour la voiture, pas de souci. Comment va Neige ?

— Son cœur bat. Le vétérinaire lui a administré un décontractant ; il pense que ça va aller mais il faut maintenant attendre.

— Albane rentre du collège d'ici un quart d'heure, je la préviens dès qu'elle arrive.

— Je suis tellement désolée, m'excusé-je en recommençant à pleurer. C'est ma faute. Si je n'avais pas laissé d'appareil branché…

— Et si j'avais vérifié, après être venu ce matin pour votre serrure, que la chienne n'était pas dans votre chambre, rien ne serait non plus arrivé. C'est un accident, Roxane. Heureusement, vous avez découvert Neige avant qu'il ne soit trop tard. C'est tout ce qui compte.

— Je vais rester ici jusqu'à ce que le vétérinaire me confirme qu'elle est tirée d'affaire.

— Vous n'êtes pas obligée, vous savez…

— Je ne veux pas la laisser seule.

— D'accord. Prévenez-moi quand vous aurez du nouveau.

— Bien entendu. Merci Frédéric.

Je rends le combiné à la secrétaire afin qu'elle puisse raccrocher.

— Je suis certaine que tout va bien se terminer, dit-elle pour me rassurer. Est-ce que vous voulez boire quelque chose en attendant ? Je peux vous proposer un café ou un verre d'eau ?

— Non, rien, merci, refusé-je poliment de peur que mon estomac ne se soulève une nouvelle fois si j'ingère quoi que ce soit.

Il s'est à peine écoulé une demi-heure lorsque débarque Albane dans la clinique, son père dans son sillage.

— Comment va Neige ? demande-t-elle tout en se jetant dans mes bras.

— Elle a menacé de faire une grève de la faim si je ne l'emmenais pas immédiatement… s'excuse Frédéric.

L'adolescente s'entendrait parfaitement avec ma mère, pensé-je aussitôt.

— Je n'ai pas vu le vétérinaire depuis que je vous ai eu. De toute façon, il n'y a rien d'autre à faire qu'attendre.

J'ai à peine terminé ma phrase que le vétérinaire sort de la salle de soins et se dirige vers nous.

Je me lève instantanément.

— Alors ? demandons-nous en chœur.

Le sourire du professionnel m'apaise avant même les mots qu'il prononce.

— Elle va nettement mieux. Elle a repris conscience. Elle est encore un peu secouée mais je pense qu'elle n'aura pas de séquelles.

— Je promets de ne plus me sécher les cheveux de toute ma vie ! affirmé-je. Comme ça, plus de risque d'électrocution.

Comprenant les implications de cette décision, Albane saute de joie.

— Ça veut dire que tu comptes adopter Neige ?

— Je crois bien que c'est ce que ça veut dire. Sache que je te tiens pour entièrement responsable de cet attachement canin.

— J'assume complètement ! Je suis trop contente ! Tu vois, papa, ça fonctionne, mon système. Les clients ne peuvent pas faire autrement que de tomber amoureux des chiens.

— C'est malin, vous l'encouragez, me glisse Frédéric à l'oreille, avant de déposer furtivement une bise sur ma joue.

— Et si on allait fêter cette future adoption au restaurant ? propose Albane.

— Tu as école demain, jeune fille, je te rappelle. Tu dois avoir ton compte de sommeil si tu veux être en forme.

— On dormira quand on sera mort, papa ! rétorque l'adolescente.

En un instant, je suis propulsée un an en arrière.

— Maman, tu sais quoi ??? Tonton m'emmène voir Louane demain en concert ! C'est pas trop bien ? Et en plus on sera devant. Peut-être que je pourrai lui parler ? Tu crois que je pourrai ? Ce serait trop bien si je pouvais !

— Mais il y a école le lendemain. Ça va te faire coucher tard…

— Tonton, il dit qu'on dormira quand on sera mort…

— Roxane ? Ça va ? s'inquiète Frédéric. On dirait que vous venez de voir un fantôme, vous êtes toute pâle.

Pas un fantôme, non, un ange gardien.

— Albane a raison, on dormira quand on sera mort. J'ai justement une adresse à tester.

— Ouais, trop cool ! s'enthousiasme Albane après avoir chassé l'incrédulité de son visage.

— Si vous vous y mettez aussi, je m'incline, dit Frédéric. Va pour un restaurant ce soir ! Enfin pour vous deux. Moi, faut que je fasse à manger à mes clients !

Après une petite caresse à Neige et la promesse de venir la chercher demain à la première heure – le vétérinaire préférant malgré tout la garder en observation pour la nuit –, nous quittons la clinique. Alors que nous nous dirigeons vers les voitures, Frédéric attrape sa fille par les épaules et glisse sa main libre dans la mienne. Cette fois, je ne me dérobe pas.

– 28 –

Le moins que l'on puisse dire est que ma mère a fait preuve d'une efficacité redoutable en ce qui concerne la mise en vente de mon appartement. À peine était-elle rentrée chez elle qu'elle avait contacté son amie agent immobilier comme elle me l'avait promis. Et niveau efficacité, celle-ci n'était pas en reste. Il ne lui a pas fallu soixante-douze heures pour prendre des photos, rédiger l'annonce, mettre en vente le bien, faire quelques visites et recevoir une offre d'achat.

Je mentirais si je disais que ça ne m'a pas fait un pincement au cœur de contresigner cette proposition ce matin à l'agence. Il m'a fallu tant de mois de recherches pour tomber sur cet endroit, ça a été un tel coup de foudre à peine la porte franchie… Pourtant, derrière le pincement au cœur, il n'y a aucun regret. La sérénité qui me gagnait instantanément lorsque je rentrais chez moi s'est envolée à la mort de Meryl. Tout dans cet appartement me rappelle les moments que j'y ai passés avec ma fille et c'est trop douloureux.

Sam a proposé de temporairement m'héberger pour les nuits entre deux voyages. En temps normal, j'aurais refusé, arguant que je ne voulais pas m'imposer, mais là, j'ai accepté sans autre formalité parce que je sens qu'il faut que je réfléchisse à l'endroit où j'ai envie de me poser avant d'entreprendre la moindre démarche.

Depuis plusieurs jours, je suis complètement perdue dans mes émotions. Si la colère ne m'a pas encore quittée, elle cède de plus en plus souvent la place à d'autres sensations moins claires et plus inconfortables. J'ai parfois l'impression d'être au bord d'un précipice, attirée vers le fond mais en même temps terrifiée à l'idée d'y tomber.

Bien qu'elle ne m'en ait pas reparlé, je repense de plus en plus souvent à ce que m'a dit ma mère à propos de Stéphane, au fait de lui accorder mon pardon. Si cela me paraissait inconcevable il y a encore quelques semaines, je n'en suis plus aussi certaine aujourd'hui. Même si j'ai beaucoup de mal à l'accepter. Paradoxalement, je ne peux m'empêcher de voir cela comme une trahison, comme si pardonner conférait à la mort de ma fille une piètre importance.

La lettre écrite par Stéphane est dans mon sac à main. Je ne sais pas trop pourquoi je l'ai emportée mais au moment de faire mes bagages, je l'ai aperçue, posée sur le bureau de ma chambre d'hôtel, à l'endroit même où ma mère l'avait laissée. Je n'avais même pas osé la toucher pour la déplacer. Il m'a fallu calmer le tremblement de ma main et, juste avant de partir tôt ce matin, je l'ai saisie puis sans trop y réfléchir l'ai glissée dans mon sac. Peut-être que je vais la lire, ou peut-être pas.

Pour le moment, j'essaie de mettre tout ça de côté et de me concentrer sur le présent et mon déménagement. Un pas après l'autre.

Pour ne pas être seule avec mes souvenirs, j'ai demandé à Gwenole s'il acceptait de m'accompagner et de m'aider à mettre une bonne partie de ma vie en cartons. Il était très heureux de cette proposition, je crois que lui non plus n'a pas envie d'être seul en ce moment.

S'il parvient à espacer tout doucement les visites à son épouse, je devine à ses silences et à son regard parfois si triste que c'est loin d'être facile pour lui.

Sam a également promis de passer dans l'après-midi pour nous filer un coup de main. Ma mère sera elle aussi présente ; elle saisit la moindre occasion, même peu agréable, pour passer du temps avec moi. Après tous ces mois de distance, cette soudaine proximité me met parfois mal à l'aise. Je réalise que j'ai perdu l'habitude de ce lien avec l'autre.

Albane a également supplié son père de la laisser venir avec nous, plus pour l'aventure que pour l'aide à apporter, à mon avis, mais contrairement à ce qui s'est passé pour le restaurant après le vétérinaire, cette fois-ci, Frédéric s'est montré inflexible, il a refusé.

— Ça va aller ? me demande Gwenole avec beaucoup de sollicitude alors que nous sommes devant la porte de chez moi depuis au moins cinq minutes sans que j'aie été capable d'esquisser le moindre geste pour l'ouvrir.

— Pour être tout à fait honnête, je n'en sais rien du tout. J'ai décidé de vendre mais maintenant que nous sommes devant cet appartement, c'est une autre histoire. J'ai peur… de m'écrouler une fois à l'intérieur.

— Je vous rattraperai, répond Gwenole avec beaucoup de gentillesse. C'est pour ça que vous m'avez demandé de vous accompagner, non ? Je ne crois pas que ce soit pour mon impressionnante capacité à transporter un réfrigérateur.

Malgré moi, je ne peux m'empêcher de rire.

— Si je n'étais pas parfaitement conscient de mes faibles capacités physiques, je crois que je me vexerais, s'écrie-t-il, amusé.

— Merci d'être là, vraiment…

Je sors de mon sac ma clé, la tourne dans la serrure puis ouvre la porte, me préparant mentalement à être envahie par les émotions.

Curieusement, il n'en est rien. Je fais quelques pas pour pénétrer à l'intérieur des lieux, tout est à sa place, rien n'a bougé, mais c'est comme si les couleurs étaient moins vives, comme si tout avait été recouvert d'un voile grisâtre, ternissant la chaleur de l'ensemble. Alors que je devrais en être soulagée, cela ne fait que me laisser perplexe. Quoi qu'on en dise, la colère est une émotion bien moins déstabilisante parce que, au fond, elle est simple et basique.

— Alors ? Comment vous sentez-vous ? m'interroge Gwenole.

— En terre inconnue, réponds-je au bout de quelques secondes. C'est comme si cet endroit ne m'appartenait déjà plus, comme si toute vie l'avait désormais quitté.

Je n'ai cependant pas le temps de m'appesantir davantage sur ce constat, car nous sommes rejoints par ma mère chargée de cartons pliés et de tout l'attirail du parfait déménageur : gros rouleaux de Scotch marron, sacs-poubelle, marqueurs indélébiles ainsi qu'un sac glacière contenant sans doute des boissons fraîches et, connaissant ma mère, des trucs à grignoter.

— Vous devez être Gwenole ? Ma fille m'a beaucoup parlé de vous et de votre goût très sûr pour les cravates.

Gwenole baisse les yeux sur celle qu'il porte aujourd'hui, de couleur violette avec pour motifs des poussins jaunes, et rougit de plaisir.

— Ravi de vous rencontrer, chère madame.

— Appelez-moi Michelle. Bon, par quoi veux-tu commencer, Roxane ?

— Euh, je ne sais pas... Peut-être par le salon ? hasardé-je.

Partout où je regarde, il y a des choses à mettre en cartons, à démonter, à jeter. Jamais je n'aurais cru amasser autant d'objets en quelques années.

Nous ne perdons pas de temps et nous attelons donc à la tâche. Je commence à vider les tiroirs dont je pose le contenu sur la table de la salle à manger pendant que ma mère remet en forme plusieurs cartons pour recevoir ce que je vais décider de garder.

Nous nous activons ainsi pendant près de trois heures, rejoints entre-temps, comme elle me l'avait promis, par mon amie Sam. Je décide donc de ce que je garde, nous déposons le tout dans les cartons que nous refermons ensuite avec du Scotch avant d'inscrire sur le dessus la pièce de destination dans mon futur chez-moi. Chaque carton est également numéroté et son contenu précis, répertorié dans un cahier, histoire de ne pas avoir à tout déballer pour trouver le gaufrier en cas de besoin.

Ma mère disposant d'un grand garage vide attenant à sa maison, il est prévu que nous y stockions les cartons en attendant que je trouve un autre logement. J'ai réservé un camion de déménagement qui viendra tout débarrasser la semaine prochaine.

Au fur et à mesure que les cartons s'empilent le long du mur du salon, l'appartement se vide et se dépersonnalise. Il ne reste plus qu'une dernière pièce, celle que je redoute et dans laquelle je n'ai plus mis les pieds depuis l'accident. La chambre de Meryl. Après l'enterrement, je me suis contentée de fermer la porte restée entrouverte sans jamais trouver la force de la rouvrir depuis.

Pourtant, là, il va bien me falloir la trouver, cette force ! Sam m'a proposé de tourner la poignée à ma place mais j'ai refusé sans hésitation. Si ce que je m'apprête à faire est incroyablement difficile, je sais pourtant que je dois le faire, sinon je le regretterai.

Devant la porte, rien que l'écriteau me coupe le souffle. Une simple feuille de papier qu'elle a scotchée avec du *masking tape* rose, ornée d'étoiles argentées et sur laquelle elle a écrit, de son écriture encore mal assurée : « TOQUÉ AVANT D'ANTRÉ ! ».

— *À partir de maintenant, tu n'as plus le droit d'entrer dans ma chambre sans frapper, maman ! Je suis grande maintenant.*

— *Ah oui ?*

— *Oui ! Et je voudrais aussi choisir mes habits pour aller à l'école. Je veux plus mettre que des leggings. Les collants, ça gratte.*

— *Ah oui, c'est comme ça ? Mais est-ce que tu acceptes encore que je te fasse des chatouilles ou pour ça aussi tu es trop grande ?*

— *Je suis trop grande pour les chatouilles, mais tu peux encore me faire des bisous – pas devant mes copines, hein – et me lire une histoire le soir.*

— *On va voir si tu es trop grande pour les chatouilles, attends que je t'attrape !*

Meryl s'était enfuie en poussant des cris, moi à ses trousses avant que je réussisse à l'attraper et à la bloquer sur le canapé pour une séance de chatouilles en bonne et due forme. Nous avions tellement ri que nous en avions eu mal aux côtes.

Si rien qu'un écriteau provoque un souvenir, qu'est-ce que ça va être une fois que je serai rentrée dans la chambre ?…

— Je ne vais pas y arriver. C'est trop dur… murmuré-je.

« Ce ne sont que des objets, maman… »

Je me retourne brusquement mais, comme la dernière fois dans la voiture, il n'y a personne. Je ne sais si c'est mon cerveau qui crée cette illusion ou s'il s'agit d'autre chose, mais au fond peu importe. Quelle que soit l'explication, avoir entendu la voix de Meryl me procure du courage pour pousser la porte de la chambre, comme cela m'en a procuré pour démarrer la voiture et conduire Neige chez le vétérinaire.

Tout est comme elle l'avait laissé avant de partir chez Xavier. Son grand lit à baldaquin en bois blanc avec des rideaux turquoise, dont elle m'avait rebattu les oreilles pendant des mois, trône toujours à droite de la pièce. La couette est en boule au bout du lit – *« Ça ne sert à rien de faire son lit le matin, maman, puisque de toute façon on redort dedans le soir »* –; ses peluches, en revanche, sont bien alignées à côté de l'oreiller.

Sur sa table de nuit, posé sur son socle à côté du lecteur CD, son micro, sans doute ce à quoi elle tenait le plus. Je le lui avais offert pour son anniversaire. Un vrai micro qu'elle devait quasiment tenir à deux mains tant il est lourd. Elle n'épargnait ni son temps ni mes oreilles pour faire des vocalises et s'entraîner.

Sur les murs, des posters de son idole, la chanteuse Louane. J'avais accepté qu'elle en accroche un, puis d'un, on était passé à deux, puis trois et les murs de la chambre avaient fini par en être tapissés.

En dessous de la fenêtre courant le long du mur, un meuble-banc avec des bacs à jouets intégrés, jouets avec lesquels pour la majorité elle ne jouait plus mais qu'elle exhumait malgré tout quelques heures chaque fois que je proposais de les donner.

Face au lit, son bureau, dont on ne distingue plus le dessus tant il est recouvert de tout un tas de bricoles : des feutres, des bracelets, des carnets, des rouleaux de *masking tape*, des objets non identifiés en cours de fabrication…

Je n'ai pas vraiment réfléchi à ce que j'allais faire de tout ce qui se trouve dans cette chambre. S'il me sera facile de donner les vêtements à une association, pour le reste… Est-ce que j'ai envie de tout conserver ? Ce ne sont que des objets, après tout, l'essentiel restera toujours dans mon cœur.

J'entre dans la chambre et décide de commencer par le bureau. Je pose dans un petit carton quelques-unes de ses créations, celles dont je me souviens parce qu'elle me les avait montrées et longuement détaillées, et je mets le reste dans un sac-poubelle.

Au final, cela me prend bien plus de temps de vider cette pièce que le reste de l'appartement, mais j'y parviens avec tout du long cette sensation de chaleur, comme des bras serrés qui m'entourent. Je n'ai jamais vraiment prêté intérêt à toutes ces croyances mystiques, pourtant je pourrais jurer que, cet après-midi, Meryl était avec moi, et sa présence m'a apporté du réconfort.

— Ça y est ? m'interroge ma mère lorsque je rejoins toute la troupe dans le salon avec dans les bras le carton contenant ce que je souhaite conserver.

Aucun d'eux n'est venu me déranger et je leur en sais gré.

— Oui. J'ai mis tout ce qui est à jeter dans les sacs-poubelle, et ce qui est à donner se trouve dans des cartons sur le lit. Pour ce qui est des meubles…

— Je m'en occuperai, ne t'en fais pas, me coupe ma mère.

— Merci, murmuré-je, sentant soudain le poids de la fatigue tomber sur mes épaules. Bon, je crois qu'on a terminé.

— Et si on allait boire un verre pour se récompenser ? enchaîne Sam, devinant sans doute que je suis sur le point de me mettre à pleurer. Le bénévolat, ça s'arrose.

— C'est moi qui invite ! enchaîne Gwenole guilleret. J'ai toujours rêvé de prononcer cette phrase, expliqueu-t-il. Dans les films, celui qui dit cela est toujours éminemment sympathique.

Je dépose le dernier carton, celui de Meryl, sur la pile le long du mur. Et, lentement, j'en détache mes mains avant de faire un pas en arrière.

Chacun récupère ses affaires, puis nous sortons de l'appartement que je ferme une dernière fois avant de tendre la clé à ma mère.

Sam place son bras sous le mien et m'entraîne vers la sortie.

Une page se tourne. Ces derniers temps, cet appartement ne m'aura vue que malheureuse, mais je préfère retenir qu'il m'aura aussi connue incroyablement heureuse.

– 29 –

C'est étrange de garder en l'état la chambre de son enfant alors qu'il a quitté le nid depuis des années, me dis-je devant ce qui constituait autrefois mon univers d'adolescente. Les meubles, leur emplacement, les rideaux, même le linge de lit, tout est resté comme à l'époque.

Ma mère a proposé de nous héberger Gwenole et moi pour la nuit. La soirée s'est donc déroulée assez tranquillement autour d'un plat de lasagnes, le seul qu'elle sache cuisiner, d'une salade verte et d'un bon verre de vin rouge. Gwenole nous a régalées d'anecdotes liées à ses différentes activités professionnelles passées. Cet homme a exercé mille métiers : agent des PTT, jardinier, serveur, chauffeur de bus, animateur de colonies de vacances… Il a aussi eu la chance d'être ramasseur de balles à Roland-Garros dans les années 1950. Xavier et moi rêvions de ce job lorsque nous étions petits.

Je souris en repensant à cette dame âgée qui lui a ouvert la porte à moitié nue alors qu'il venait effectuer des travaux de rénovation chez elle et qui est restée semi-allongée sur le canapé à le regarder travailler.

Il est près de minuit et je suis exténuée. Bien que je me sente soulagée d'un poids, la journée a quand même été éprouvante.

Après m'être déshabillée et mise en pyjama, j'ouvre mon sac à main à la recherche de mon téléphone pour vérifier que je n'ai pas eu de message. Alors que je fouille pour le trouver – me répétant pour la millionième fois que si je le rangeais dans la pochette dédiée ma vie en serait grandement facilitée –, je tombe sur l'enveloppe que j'ai glissée ce matin dans ce sac. La lettre de Stéphane.

J'ignore pourquoi mais soudain je me sens prête à la lire. Je décachète l'enveloppe, en sors les feuillets qu'elle contient puis je m'assois en tailleur sur mon ancien lit de jeune fille.

Madame,

Cela fait des jours, des semaines que j'écris cette lettre dans ma tête mais maintenant que je me trouve assise face à cette feuille, j'ai peur de ne plus trouver les mots. Peut-être que de toute façon vous allez la déchirer avant même d'en ouvrir l'enveloppe. Je me suis demandé à plusieurs reprises ce que je ferais si j'étais à votre place et pour être honnête je ne sais pas si moi-même je lirais la lettre de celle qui a tué mon enfant.

Pourtant, il faut que je vous écrive, que je vous explique, que je vous dise combien je suis désolée et anéantie par la mort de votre petite fille.

Surtout ne pensez pas que je cherche à me trouver des excuses, ce n'est pas du tout le cas. Je suis entièrement responsable et loin de moi l'idée de me dégager de cette responsabilité. Mais j'ai besoin de vous expliquer, j'ai le sentiment que je vous le dois.

Ce matin-là... J'ai revécu tant et tant de fois cette scène en me disant chaque fois que l'issue aurait pu en être différente...

Ce matin-là, je venais tout juste de terminer ma garde. Comme vous l'avez entendu au tribunal, je suis infirmière et travaille dans un service de réanimation. J'adore mon métier et je n'ai jamais souhaité travailler dans un autre service, mais cela reste un métier difficile, car on ne sait jamais si le patient qui nous est confié sortira indemne. Les émotions sont décuplées du fait de la proximité avec les familles. Leur joie immense lorsque la personne s'en sort, leur peine incommensurable lorsque hélas ce n'est pas le cas.

La nuit qui a précédé l'accident, nous avons perdu plusieurs personnes. Je ne suis pas une adepte de l'expression « la loi des séries » mais force est de constater que souvent elle se vérifie. Or on a beau faire preuve de professionnalisme, s'efforcer de maintenir de la distance, perdre plusieurs patients en une nuit reste compliqué à gérer, même si l'on exerce ce métier depuis de longues années.

En sortant de garde, j'étais fatiguée et moralement atteinte. Au volant de ma voiture, avant de démarrer, j'ai même dû essuyer quelques larmes, ce qui ne m'était jamais arrivé. C'est à ce moment-là que j'ai reçu le coup de fil du centre périscolaire m'informant de la mauvaise chute de ma fille sur un coin de table. Elle avait semble-t-il perdu connaissance pendant quelques secondes.

Je n'ai plus pensé à rien d'autre qu'à aller la récupérer. J'étais consumée par l'inquiétude, sans doute bien plus que je n'aurais dû l'être. Peut-être qu'un autre jour, à un autre moment, j'aurais fait preuve d'une meilleure analyse quant à la gravité de la situation, mais ce matin-là, j'en ai été incapable.

J'ai donc démarré en trombe et roulé bien trop vite et bien trop peu concentrée.

Je n'ai pas vu le stop ; à vrai dire, je crois que je ne me rendais même pas compte que je conduisais tant mon esprit était obnubilé par l'inquiétude.

La suite, malheureusement, vous la connaissez. J'entends encore le bruit du choc résonner dans ma tête. J'étais hébétée, il m'a fallu plusieurs minutes pour recoller avec la réalité de ce qui venait de se passer. Mais quand j'ai compris, puis quand j'ai vu les secours...

J'aurais préféré mille fois mourir dans cet accident à la place de votre frère et de votre petite fille. Je ne cesse de me répéter que si j'avais quitté le parking ne serait-ce que quelques minutes plus tard, peut-être qu'il n'y aurait pas eu de drame.

Être responsable de la mort de deux personnes me ronge.

Je sais ce que vous devez penser : moi, j'ai toujours la possibilité de serrer ma fille dans mes bras, alors de quoi est-ce que je me plains ? La vérité, c'est que je ne me sens plus autorisée à chérir sa présence, parce qu'à cause de moi une autre mère ne le peut plus.

J'en ai même voulu à ma fille, je lui en ai voulu d'avoir couru à la garderie alors que je n'arrête pas de lui dire qu'il ne faut pas courir à l'intérieur, je lui en ai voulu de ne pas avoir fait attention. Si elle n'était pas tombée, rien de tout cela ne serait arrivé. Et je m'en veux encore plus d'avoir ressenti tout ça, d'avoir été en colère contre elle.

Je ne cherche pas à obtenir un pardon de votre part, de toute façon, je suis impardonnable.

Mais je me dis que si ces quelques mots vous permettent de laisser un peu de colère et d'amertume de côté, si ces quelques mots peuvent vous apporter un peu d'apaisement, alors il était important de les écrire.

Jamais je ne vous présenterai assez d'excuses pour ce qui est arrivé. Parce que les excuses, je le sais, ne ramèneront pas ceux que je vous ai fait perdre. Mais je le fais quand même, et si cela pouvait vous aider je le ferais chaque minute de chaque heure.

Je n'espère pas de réponse à ce courrier, je n'espère rien à vrai dire, je crois que j'en ai perdu le droit il y a un an.

Stéphane

Pendant de longues minutes, je conserve dans les mains ces feuillets noircis d'une écriture que l'émotion a rendue irrégulière. Je pensais que les mots de cette femme me mettraient en colère. Je pensais que les justifications qu'elle tenterait d'apporter à son acte me donneraient envie de vomir. Mais la vérité, c'est que je suis bouleversée par la sincérité de ce que je viens de lire.

Je craignais qu'elle quémande mon pardon, il n'en est rien. Cela me soulage, parce que je ne sais pas si je serai un jour capable de pardonner. Néanmoins, la colère est moins forte. La haine que je ressentais pour cette femme est en train de se muer en pitié. Parce qu'elle va devoir vivre toute sa vie avec le poids de la mort de deux personnes sur la conscience.

Je replie les feuilles et les replace dans l'enveloppe avant de me glisser sous la couette, de poser la tête sur l'oreiller et d'éteindre la lumière.

S'il m'est impossible pour le moment de répondre à cette lettre, je sais pourtant qu'un jour je le pourrai. C'est sur cette certitude que je sombre dans le sommeil.

– 30 –

La nuit doit être bien avancée lorsque je suis réveillée par un bruit de pas. N'ayant jamais été une très grande courageuse, mon reflexe est de m'enfoncer un peu plus sous la couette, l'oreille aux aguets. Le bruit de pas se rapproche et soudain je sens quelqu'un se glisser près de moi. Aussitôt, je me redresse paniquée et pousse un cri.

— Arrête de crier, tu vas réveiller toute la maisonnée à commencer par toi-même.

À côté de moi, se tient… mon frère. J'ai dû abuser du vin rouge.

— Comment ça, « à commencer par moi-même » ? demandé-je, incrédule de ne serait-ce que poser la question.

— Eh bien oui, tu es en train de rêver ! Ce serait un peu glauque sinon. Imagine un peu le truc : au bout d'un an, retour du frère qui en fait n'est pas mort dans un accident de voiture, et qui se planquait dans un pays étranger pour vivre une aventure amoureuse avec une femme mariée célèbre. Au-delà du glauque, ce serait une blague de très mauvais goût, même moi, je n'oserais pas la faire. Pourtant tu connais mon goût pour les plaisanteries douteuses.

Je ferme les yeux, secoue la tête mais Xavier est toujours là, allongé à côté de moi, comme lorsque nous vivions avec maman.

— Ça fait drôle, hein, de se retrouver ici ? poursuit-il comme s'il était tout à fait normal qu'un frère décédé parle à sa sœur. D'ailleurs, je crois que je ne t'ai jamais remerciée pour toutes ces nuits où tu as accepté que je dorme avec toi. Ces foutues sorcières, quelle plaie !

— De rien… bredouillé-je à moitié. Tu… tu sais que tu es mort, donc ?

— Oui, quelle question !

— Parce que dans les films, parfois les fantômes ne savent pas qu'ils sont morts alors…

— Ça, ça vaut pour les jeunes fantômes, les types qui sont décédés depuis seulement quelques jours. En ce qui me concerne, enfin, tu le sais, inutile de remuer le couteau dans la plaie.

— Xavier, tu me manques tellement, si tu savais.

— Tu me manques aussi, Roxy Rox.

— Je suis tellement désolée de m'en être prise à toi lors de notre dernière conversation. J'étais jalouse, j'avais peur que Meryl finisse par t'aimer plus que moi. Je m'en veux d'avoir été aussi injuste envers toi, je m'en veux que ce soient les derniers mots que tu aies entendus de ma bouche alors que tu comptais tellement pour moi. Ce que j'aurais dû te dire, c'est que je t'aimais et que je t'étais mille fois reconnaissante de prendre soin de ma fille comme tu le faisais. Comme si c'était la tienne.

Les mots sont sortis d'un coup, comme si mon cerveau craignait que Xavier disparaisse sans que j'aie pu les lui dire. Ces paroles que je regrette tant de ne pas avoir eu le temps de prononcer.

— Tu n'as pas à t'excuser, tu sais. Je savais très bien que tu ne pensais pas ce que tu disais. Je sais combien il t'était difficile de partir en laissant Meryl. Tu étais sans cesse tiraillée entre ta passion pour ton travail et ton rôle de mère, je t'ai toujours admirée d'essayer de concilier les deux. Tu étais une très bonne mère pour Meryl, la meilleure, et elle le savait. Et tu étais une très bonne sœur jumelle, la meilleure, et je le savais. Tu ne dois plus te torturer avec ça.

— Mais je t'ai tué ! C'est ma faute si tu es mort, si maman a perdu son fils. Parce qu'à cause de mon égoïsme tu as dû t'occuper de Meryl. C'est moi qui aurais dû être au volant pour l'emmener à l'école. Moi, et pas toi.

— Hey, Roxy Rox, dit-il en me serrant plus fort dans ses bras, ça n'est pas ta faute. C'était un accident. J'étais le plus heureux des oncles de pouvoir m'occuper comme ça de Piaf. Toutes ces années avec elle, tu ne peux pas savoir le bonheur que ça m'a apporté. S'il faut blâmer quelqu'un, c'est moi.

— Toi ?

— J'aurais dû être plus prudent en arrivant près du stop, parce qu'une voiture peut toujours débouler sans faire attention justement. C'est ce qu'on nous apprend quand on passe son permis. Et, ce matin-là, je n'ai pas fait attention. J'étais en train de préparer mentalement ma journée avec mes élèves. Piaf était en train de chanter, et je suis incapable de te dire ce qu'elle chantait, j'ai essayé tellement de fois de m'en souvenir mais impossible. J'étais complètement dans mes pensées. Si j'avais été plus attentif, j'aurais sûrement ralenti, et peut-être que le choc aurait été moins violent, peut-être que tu n'aurais pas perdu ta fille.

Toujours dans mon rêve, un de ces rêves qui vous apparaissent comme des réalités, je m'éloigne de quelques centimètres pour pouvoir le regarder. Dans ses yeux, j'y lis la même culpabilité, la même souffrance que la mienne, que celle de ma mère. Et que celle de Stéphane sans doute.

Et là, alors que je suis allongée dans mon lit d'adolescente, en train de parler en rêve avec le fantôme de mon frère, j'accepte.

Parce que les scénarios qu'on élabore ne servent à rien.

Parce qu'on ne peut rien changer à ce qui s'est passé. Parce qu'on peut passer sa vie à se culpabiliser, à se dire qu'on aurait dû prendre d'autres décisions, au bout du compte la réalité sera toujours la même.

Parce qu'il est inutile d'ajouter de la colère à la tristesse.

Parce qu'il est temps de vivre avec cette réalité. Parce que vivre avec, ce n'est pas oublier.

— Merci.

— Merci de n'avoir pas fait attention au stop ? demande Xavier.

— Non ! Merci d'avoir été ce frère aussi merveilleux, cet oncle aussi présent. Et merci de m'avoir fait comprendre qu'il était temps de faire un pas en avant.

— Euh… Je ne m'attendais pas à cette réaction, mais je prends. Je t'aime, Roxy Rox.

— Moi aussi, je t'aime, Xavier.

Nous restons silencieux pendant de longues minutes. Je prie pour ne pas me réveiller, pour profiter au maximum de ce merveilleux rêve.

— Quand tu dis « faire un pas en avant », ça inclut le beau Frédéric ? me demande Xavier au bout d'un long moment.

— D'où est-ce que tu connais Frédéric ?

— Il faut croire que ton rêve m'a fabriqué avec option « connaissance de la vie actuelle de Roxane ».

— Je ne sais pas si je vais me sortir de cette expérience paranormale sans passer par la case « psy », moi.

— N'essaie pas de changer de sujet, ça ne marche pas avec moi. Que lui reproches-tu, à Frédéric ? Il a l'air très bien.

— Oui, il est gentil. Mais… Je ne sais pas, je ne suis pas prête.

— Pas prête ? Je dirais plutôt que tu crèves de trouille !

— …

— Tu as peur de t'attacher, Roxane, parce que c'est prendre le risque de le perdre et d'être malheureuse. Mais c'est la vie, ça ! Et on ne s'immunise pas contre la vie.

— Si je devais perdre à nouveau quelqu'un que j'aime, je n'y survivrais pas, dis-je du bout des lèvres après quelques secondes.

— Bien sûr que si. Et tu ne le perdras peut-être pas. Tu ne dois pas t'interdire d'aimer parce qu'il est arrivé… ce qui est arrivé. Ce n'est pas ce que je souhaite pour toi. Ni ce que Piaf souhaite pour toi.

Je reste silencieuse pendant quelques instants avant de poursuivre :

— J'ai entendu sa voix… Deux fois ces derniers jours.

— Rien d'étonnant à cela. Elle aussi, elle n'est pas très loin. Tu sais, ceux qui sont partis ne le sont jamais vraiment tant qu'on continue à les aimer et à penser à eux.

— Devenir un fantôme t'aurait-il rendu philosophe, mon cher frère ?

— Je m'impressionne moi-même, à vrai dire. Tu me promets d'y penser, pour Frédéric ? Prends le risque d'aimer, accorde-toi le droit d'être heureuse à nouveau.

— Je te promets d'y penser, réponds-je en bâillant.

— Tu devrais dormir.

— Je dors déjà, je te rappelle, puisque je suis en train de rêver. Et je n'ai pas envie d'arrêter de…

Mais je n'ai pas le temps de finir ma phrase.

* * *

Lorsque les rayons du soleil me tirent du sommeil, je suis lovée dans la couette. J'ouvre les yeux, sans pouvoir effacer cet espoir de trouver Xavier près de moi. Évidemment il n'en est rien. Le souvenir de ce que nous nous sommes dit est diffus et je sens que cela va finir par m'échapper complètement, sort inexorable des rêves qui doivent rester ce qu'ils sont, des instants fugaces qu'on ne peut figer dans nos mémoires.

Sans doute demain ne m'en restera-t-il plus qu'une émotion, une sensation de sérénité, mais qu'importe.

— Merci pour tout, Xavier, merci pour tout, dis-je à voix haute. Je t'aime.

Je guette une réponse, une voix, mais il ne se passe rien.

« Ceux qui sont partis ne le sont jamais vraiment tant qu'on continue à les aimer et à penser à eux. » C'est ce qu'il m'a dit cette nuit, je crois.

Alors, je me lève, enfile une de mes robes de chambre que ma mère a conservées bien que les manches soient depuis longtemps trop courtes, ce qui me fait sourire, puis je sors de ma chambre pour rejoindre la cuisine et prendre le petit déjeuner.

J'entends la voix de Gwenole. L'odeur des crêpes me chatouille les narines. J'ai une faim de loup.

– 31 –

Les aventures de Roxane en Voyag'Elles

« Il pleut, il pleut, bergère, rentre tes blancs moutons… »

Quelle famille en charge d'enfants n'a pas paniqué en se réveillant un matin de vacances sous la pluie ?

La pluie, cet ennemi juré qui condamne la piscine et la plage…

La pluie, cet ennemi juré qui confine tout le monde à l'intérieur du mobil-home autour de jeux de société et de paquets de bonbons…

Sauf qu'au bout de deux heures, une fois tout le monde fâché (trop de mauvais perdants) et nauséeux (trop de sucreries), il faut bien trouver un plan B avant que chacun vire chèvre et qu'une personne finisse éjectée par la fenêtre.

Fort heureusement, une solution existe, en mode sauvetage de vos journées de vacances pluvieuses : le parc d'activités indoor. Concept sans doute inventé par un père de famille au bord de la crise de nerfs au cours d'une interminable partie de Monopoly. Ce jeu a-t-il d'ailleurs une fin ? Que ceux qui ont réussi à en finir une se dénoncent !

L'Enjoy Family propose trois activités différentes : bowling, trampoline parc et disco-roller. Ou la promesse de bien fatiguer tout son petit monde et de bénéficier d'une soirée tranquille, si tant est qu'on en sorte indemne bien entendu.

Commencez tranquillement par le bowling.

Il s'agit ici de revêtir des chaussures affreuses mais néanmoins horriblement confortables, de prendre une boule (en prenant bien soin de ne pas la choisir trop lourde, au risque de se luxer une épaule au premier jet), de comprendre quel doigt mettre dans quel trou, de s'avancer vers la piste de manière inspirée (ne jamais montrer à vos adversaires que vous ne savez pas comment faire), de lancer la boule en direction des quilles (et non de la laisser tomber derrière vous faute d'avoir mis les bons doigts dans les bons trous) et de la regarder inexorablement se diriger vers l'une des rigoles extérieures sans toucher une seule desdites quilles.

Enfin, cet enchaînement vaut si vous êtes un adulte. Les enfants, eux, bénéficient, les petits veinards, d'une petite barrière qui se lève automatiquement et condamne les rigoles… Il est dans ces conditions bien plus facile de dégommer des quilles. Pfffff…

Pas sûr en revanche que cela leur apprenne la dure réalité de la vie.

Une fois que les enfants vous ont laminées au bowling, rapport forcément aux petites barrières qui se lèvent et s'abaissent en fonction de l'âge des joueurs, passez à la deuxième activité : le trampoline… Qui vous apportera une réponse à la seule question qui vaille d'être posée : l'homme est-il vraiment fait pour rebondir ?

Rien de compliqué ici, on saute, on saute et on saute.

Enfin, si l'on veut faire preuve d'honnêteté, il faut quand même ajouter : on transpire, on se tord les chevilles, on tombe dans des carrés en mousse parce qu'on n'a pas sauté assez loin ou encore on se cogne. Tout un programme.

Pour finir, et se rappeler sa jeunesse envolée, un peu de patin à roulettes ! Au son d'une musique disco.

Autant vous prévenir, l'affirmation « C'est comme le vélo, ça ne s'oublie pas » ne vaut absolument pas pour le patin. Fort heureusement, comme dans une patinoire, vous pourrez vous agripper aux rambardes extérieures afin de conserver votre équilibre… et votre dignité.

Bowling, trampoline et disco-roller, tout ça vous aura bien donné le droit de boire un petit verre (pour noyer le chagrin de votre vieillesse) ou de manger une crêpe (sauter, ça creuse). Dirigez-vous vers le snack-bar.

Les moins téméraires (ou les plus clairvoyants, question de point de vue) s'y installeront dès leur arrivée dans l'attente que leur progéniture les y rejoigne échevelée, transpirante, affamée et, avec un peu de chance, fatiguée.

•

Le + : Il est possible de prendre un pass cumulant les trois activités ou d'y accéder séparément.

Le - : La règlementation internationale du bowling qui interdit les barrières protectrices de rigoles pour les adultes.

Le prix : 45 euros par personne pour le pass trois activités. 20 euros par activité à l'unité. Tarif onéreux mais après-midi de pluie sauvé.

L'adresse : *L'Enjoy Family* – 57, avenue des Roulettes, 30760 Brune-en-Sableuse.

* * *

Il y a des moments où l'on voudrait que le temps passe plus vite, qu'on soit déjà demain voire après-demain. Parce que, paraît-il, le temps fait son œuvre.

Mais parfois on voudrait également qu'il ralentisse sa course, que les journées ne s'enchaînent pas les unes aux autres sans qu'on ne s'en aperçoive.

Les dernières semaines ont filé à une vitesse folle. J'ai continué à explorer la région, à découvrir des lieux, à tester des activités, toujours avec la même envie. Les lecteurs sont chaque fois au rendez-vous et j'ai de plus en plus de retours de personnes qui sont allées visiter les endroits que je leur ai proposés. Voilà qui nous conforte encore, Sam et moi, dans cette décision d'avoir adjoint un blog au traditionnel guide touristique papier.

Je suis restée ici bien plus longtemps que prévu au départ. Les quelques jours initiaux se sont transformés en semaines, d'un mois à l'autre. Et si je pouvais jusqu'à dernièrement justifier ma présence par la multiplicité des choses à présenter, cela devient plus difficile.

Il va falloir que je reparte sur d'autres routes, vers d'autres régions, je ne le sais que trop bien.

Je mentirais si je disais qu'au fond de moi je n'en ai pas envie ; j'ai toujours été comme ça, avec ce besoin constant de découvertes, de nouveautés, de voyages. Mais la vérité, c'est que j'ai aussi peur de repartir. Depuis que je suis ici, je me sens mieux, plus apaisée, moins malheureuse, parfois même presque heureuse. Et il n'y a aucun doute sur le fait que les gens que j'ai rencontrés y sont pour beaucoup. Gwenole, Albane… et Frédéric.

Qualifier notre relation n'est pas évident. Nous nous voyons beaucoup, *Au Meilleur Ami de l'Homme* et en dehors. Nous parlons, nous nous racontons nos vies, nous rions aussi énormément. C'est l'une des choses auxquelles je ne m'attendais pas concernant Frédéric, il a beaucoup d'humour.

Il y a des gestes tendres, des mains tenues, des caresses sur la joue, des gestes amoureux aussi, quelquefois. Je me sens en sécurité avec lui, et… il me plaît, c'est indéniable. Pourtant, je ne parviens pas encore à vraiment lâcher prise, à me lancer dans quelque chose et prendre le risque de remettre en cause le fragile équilibre que je viens seulement d'atteindre. Je crois qu'il l'a compris, il ne force rien, ne demande rien. Cependant, tout en lui m'indique qu'il est prêt et qu'il m'attend.

Mais ce soir, il n'est pas question de penser à ça. Ce soir, c'est le grand soir pour Albane. Après des mois de travail et de répétition au collège, elle va jouer la première de sa pièce de théâtre *Roméo et Juliette*.

Elle semblait détendue avant de filer dans les coulisses pour se préparer. Je ne sais pas comment elle fait. Jamais je ne pourrais monter sur scène devant trois cents personnes.

Meryl, malgré son jeune âge, ne connaissait pas le trac non plus. Elle était pleine de confiance. Elle pouvait chanter devant des dizaines de personnes sans aucun problème, se nourrissant des applaudissements.

— Et si elle oubliait son texte ? L'autre jour elle m'a dit qu'elle avait parfois du mal à se souvenir de certaines répliques, notamment dans l'acte final, s'inquiète Gwenole assis à côté de moi dans la salle des fêtes. C'est affreux, j'en ai des palpitations, pas vous, chère Roxane ?

— À votre avis ? Pourquoi est-ce que j'aurais emporté un exemplaire de la pièce dans mon sac à main sinon ? Si jamais elle a un trou, vous pourrez lui souffler.

— Et pourquoi moi ?

— Je ne sais pas… Le privilège de l'âge ? réponds-je avec un sourire.

Gwenole porte pour l'occasion une très belle cravate de satin jaune avec des flamants roses.

— Quand je pense que vous avez failli mettre une cravate noire à fines rayures grises… Non mais quelle idée ! Vous ne seriez pas vous sans une cravate colorée.

— Je voulais me fondre dans la masse. Mais c'est vous qui aviez raison, chère amie, cette cravate était digne d'un enterrement, pas de l'heure de gloire de notre adolescente préférée.

Les trois coups retentissent, nous nous taisons instantanément.

Lorsque Albane apparaît dans la scène trois, nous retenons notre souffle. Elle est magnifique dans son costume.

— *« Je verrai à l'aimer, s'il suffit de voir pour aimer ! mais mon attention à son égard ne dépassera pas la portée que lui donneront vos encouragements »*, déclame-t-elle avec assurance et le ton voulu.

Admirative, je la regarde évoluer sur scène comme si elle y était chez elle. Ma poitrine se gonfle de fierté, j'aime cette gamine comme jamais plus je n'aurais cru pouvoir encore aimer.

— Dis-moi que toi aussi, tu es en train de perdre dix ans d'espérance de vie tellement tu es stressée ? murmure Frédéric à mon oreille.

— J'ai l'arrière des cuisses tellement trempé de transpiration que tout le monde va croire que j'ai fait pipi dans ma culotte quand je vais me lever. Ça répond à ta question ? lui réponds-je avec un clin d'œil.

— Pourquoi n'a-t-elle pas choisi la couture ou le crochet comme passion ?

— Parce que ta fille est une comédienne. Regarde-la, elle est incroyable.

Je lui prends la main et nos doigts s'entrelacent.

— *« Mes lèvres ont gardé pour elles le péché qu'elles ont pris des vôtres... »*

— Il l'a embrassée pour de vrai, là, non ? C'est qui, ce gamin, je ne le connais pas ! Est-ce que quelqu'un m'a demandé ma permission pour cette scène ?

Je ne peux m'empêcher de pouffer de rire.

— Je ne te savais pas aussi papa poule !

— Ça t'ennuie ?

— Non. Ça te donne un petit air sexy qui ne me déplaît pas.

— Ah oui ? demande-t-il tout sourire en se tournant vers moi.

— Je ne voudrais pas vous déranger, les amoureux, nous interrompt Gwenole, mais vous allez louper le meilleur passage !

— *« Ô Roméo ! Roméo ! Pourquoi es-tu Roméo ? Renie ton père et abdique ton nom ; ou, si tu ne le veux pas, jure de m'aimer, et je ne serai plus une Capulet. »*

J'en ai des frissons, mes yeux ne se détachent plus d'Albane, ma main reste dans celle de Frédéric. Comme Albane sur scène, je me sens à ma place, exactement là où je dois être.

— Albane, tu étais magnifique ! s'exclame Gwenole quand, après le spectacle, l'adolescente nous rejoint. La meilleure Juliette que j'aie jamais vue !

— Meilleure que Claire Danes ?

— Bien meilleure ! Claire Danes fait pâle figure à côté de toi !

Ravie du compliment, Albane se précipite vers ses copines venues elles aussi la féliciter.

— Qui est Claire Danes ? me souffle Gwenole à l'oreille.

Pour fêter ce premier succès de comédienne, nous dînons tous ensemble au restaurant. Le repas est animé. Albane nous raconte par le menu les péripéties qui ont eu lieu au cours de la représentation et dont bien sûr nous n'avons, nous spectateurs, rien vu.

— Nan mais il avait oublié de prendre sur scène sa petite bouteille de poison ! C'était juste LE truc à ne pas oublier, quoi ! Tu aurais vu ma tête lorsque je me suis réveillée et qu'elle n'y était pas ! Mais bon, c'est ça, être comédienne, il faut savoir improviser, affirme-t-elle comme si elle avait quarante ans de carrière.

Frédéric, l'air de rien, prend des renseignements sur son partenaire, cherchant à savoir s'il y a une amourette derrière et s'il va devoir investir dans un appareillage visant à repousser l'adolescent en chaleur.

Gwenole ne tarit pas d'éloges sur le spectacle. Nous passons un très bon moment qui me plonge malgré moi dans une douce mélancolie.

* * *

— Ça ne va pas ? demande Frédéric alors qu'il me raccompagne à ma chambre. Tu avais l'air ailleurs tout à l'heure au restaurant.

— Si, si, ça va. Ça va même très bien. C'est juste que…

— Tu penses à ta fille ?

— Oui, forcément. Mais pas uniquement.

— Dis-moi alors…

— Il va falloir que je parte vers une autre destination. Je suis restée déjà bien plus longtemps en Camargue que ce qui était prévu.

— Et c'est un problème ?

— Selon l'éloignement, je peux rester absente plusieurs semaines.

— Mais tu rentres chez toi parfois, non ?

— Tu sais bien que mon appartement est vendu. Donc techniquement, si j'occulte mes cartons qui se trouvent dans le garage de ma mère, je n'ai plus de chez-moi.

— Justement. Je me doutais bien qu'arriverait le moment où tu devrais bouger et j'ai une proposition à te faire. Ta chambre ici, *Au Meilleur Ami de l'Homme*, peut devenir ton nouveau chez-toi. Je te propose de te la réserver à l'année. On s'arrangera pour le loyer, ajoute-t-il avec un clin d'œil. Et si jamais tu souhaitais intégrer une autre chambre dans un autre appartement de l'hôtel à peine quelques étages au-dessus, plus tard, quand tu seras prête, nous pourrons en discuter. Après tout, il faut bien que quelqu'un veille sur ta chienne pendant que tu n'es pas là. N'est-ce pas, Neige ?

Dès qu'elle entend son nom, la petite chienne qui dormait dans son panier au pied de la porte se dresse d'un bond, comme si elle ne s'était jamais endormie, et jappe en remuant la queue.

— Je ne peux pas te demander ça…

— Et pourquoi tu ne le pourrais pas ?

— Parce que tu as déjà donné avec la mère de ta fille.

— C'était à une tout autre époque. Et tu n'es pas du tout comme elle, crois-moi.

Il me prend dans ses bras, je me laisse gagner par leur chaleur.

— Ça va être difficile de partir…

— Encore une autre bonne raison d'avoir à revenir.

Il s'écarte, plonge ses yeux dans les miens, de sa main droite repousse une mèche de mes cheveux qu'il place derrière mon oreille.

— Je tiens à toi, Roxane. Fais-moi confiance et accorde-toi le droit d'être heureuse à nouveau.

Il s'approche de moi et m'embrasse. Un baiser doux qui s'éternise et fait peu à peu flamber mes sens. Sans détacher ma bouche de la sienne, je me recule vers la porte dans mon dos, l'ouvre tant bien que mal pour entraîner Frédéric à l'intérieur, et la referme d'un coup de talon, laissant Neige penaude dans son panier.

On ne s'immunise pas contre la vie. On vit.

– 32 –

Bonjour Stéphane,

À mon tour de ne pas trop savoir comment commencer cette lettre... Si ce n'était pas facile pour vous, je peux vous assurer que cela ne l'est pas plus pour moi.

Lorsque ma mère m'a tendu votre lettre, pour tout vous avouer, je ne l'ai même pas saisie. Il me paraissait impensable de seulement toucher quelque chose qui vienne de vous, la responsable de la mort des deux personnes qui comptaient le plus au monde pour moi.

Pourtant, j'ai fini un matin par la mettre dans mon sac à main, sans savoir si j'allais la lire.

Et puis je l'ai lue. C'était après avoir vidé mon appartement et la chambre de ma fille dans laquelle je n'avais pas remis les pieds depuis l'accident.

On pourrait croire que vous étiez la dernière personne à laquelle j'avais envie de penser après ce moment difficile, mais étrangement c'était, je crois, le bon moment.

Je sais que vous avez été en contact avec ma mère et que cela lui a fait du bien. Elle m'a ouvert les yeux sur certaines choses, sur cette culpabilité que je portais et que je porte encore un peu. Elle pense que pour aller de l'avant je devrais vous pardonner ce qui s'est passé. Honnêtement, pour l'instant j'en suis incapable. Mais, confusément, je sens qu'il n'en sera pas toujours ainsi.

La nuit où j'ai lu votre lettre, quand je me suis enfin endormie, j'ai rêvé de mon frère. Il était là avec moi et j'ai pu lui dire ce que je regrettais de ne pas avoir pu lui dire avant sa mort. Il ne m'était jamais apparu ainsi et je ne pense pas qu'il y ait de coïncidence.

À l'époque, ma colère et ma haine emplissaient tout l'espace, ne laissant pas de place pour quoi que ce soit d'autre.

J'en voulais à la terre entière.

Je ne vous cache pas que j'ai souhaité votre mort à de nombreuses reprises. C'est quelque chose que je regrette aujourd'hui. Vous imaginer avec votre fille ne faisait que renforcer ma haine ; aujourd'hui je me rends compte que c'était aberrant, mais la douleur m'égarait.

En ouvrant votre lettre, j'avais peur que vous cherchiez à vous dérober, à minimiser ce qui était arrivé. Je ne sais pas si je l'aurais supporté. En revanche, j'ai compris votre besoin de m'expliquer comment les choses s'étaient déroulées.

Du dossier, je n'avais rien voulu lire. Rien pu lire, devrais-je dire, c'était au-dessus de mes forces. J'ignorais même que vous étiez une femme, je l'ai découvert le jour du procès. Ça m'a causé un choc, comme vous avez dû le voir puisque j'ai fait un malaise. Comme s'il était d'un coup plus difficile de détester une femme, une mère de famille de surcroît. Le chauffard ivre est plus haïssable que la maman inquiète qui sort d'une garde mortifère en service de réanimation. Or, je ne voulais pas trouver une raison de ne pas vous haïr, parce que ça me permettait de ne pas affronter ma propre culpabilité.

Mon frère s'occupait de ma fille pendant mes absences professionnelles parce que je n'avais pas renoncé à mon activité, à mon amour du voyage. Si je l'avais fait, c'est moi que vous auriez percutée et mon frère serait encore en vie.

Mais j'ai compris qu'il ne servait à rien d'échafauder des scénarios alternatifs, parce que au bout du compte la réalité reste la même. Cela ne fait qu'ajouter de la souffrance à la tristesse.

J'ai donc accepté. Que je ne pouvais rien y changer. Que personne n'a souhaité ce qui est arrivé. Qu'aussi dramatique qu'en soit l'issue, il s'agissait malgré tout d'un accident.

Je n'ai pas pardonné, mais je ne ressens plus de haine envers vous. En vous lisant, j'ai compris que ce que vous aviez vous-même à accepter, bien que très différent de ce que je dois admettre, n'en était pas plus simple pour autant.

Ceci sera l'unique lettre que je vous écrirai, nous n'allons pas devenir amies, mais sachez que je vous souhaite de réussir vous aussi à accepter, à vous pardonner à vous-même.

Vous n'avez pas perdu le droit d'aimer votre fille, mais plutôt gagné l'obligation de l'aimer encore plus.

Roxane

Je plie les feuillets en quatre, puis les place dans une enveloppe que je cachète. Je ne connais pas son adresse, ma mère acceptera sans doute de jouer une nouvelle fois les messagères.

Je ne pensais pas être capable d'écrire à cette femme. Je suis soulagée de l'avoir fait. Aucune page ne se tourne mais c'est tout de même un point final mis sur quelque chose.

J'avais peur de vivre cela comme une trahison vis-à-vis de Meryl, il n'en est rien. Chaque jour qui passe, je ressens un peu plus sa présence à mes côtés. Comme si elle remplissait chaque espace qui se libère. Accepter, ce n'est pas moins aimer.

– 33 –

Les aventures de Roxane en Voyag'Elles

Vivre, aimer, aboyer…

Il existe des dizaines de milliers d'hôtels partout en France, mais assurément aucun comme celui-ci.

J'ai dormi dans des centaines d'endroits différents, des très chics, des très kitch, des très bourrés de punaises de lit, mais jamais dans un endroit comme celui-ci.

Ce qui m'a attirée au départ vers cet hôtel, c'est son nom, *Au Meilleur Ami de l'Homme*, que j'ai trouvé original.

Ce qui m'a intriguée ensuite, c'est son concept : au milieu des chambres classiques à louer, des chiens à adopter.

Je connaissais les bars à chats mais pas encore les hôtels à chiens, et comme je suis curieuse, j'ai réservé une chambre en ligne.

L'établissement est idéalement situé, dans une petite ville à taille humaine proche de la mer. Le bâtiment, qui compte une trentaine de chambres, date des années 1920 et a été entièrement rénové par l'actuel propriétaire quand il s'y est installé il y a une quinzaine d'années. Le résultat est chaleureux, parquet de qualité, mobilier en bois clair, plantes vertes, rideaux colorés.

À mon arrivée, j'ai été accueillie par le directeur, Frédéric, et par sa fille, Albane, presque treize ans. Parce que *Au Meilleur Ami de l'Homme* est une aventure de famille. Frédéric a acheté l'hôtel, Albane a recueilli un premier chien. Petit à petit, il y a eu de plus en plus de chiens, un à l'entrée de chaque porte de chambre, et l'hôtel a fini par changer de nom.

J'ai ainsi fait la connaissance d'Oxford, le chien qui boite parce qu'une cliente lui a écrasé la patte avec sa valise. Il y a aussi Opale, la chienne qui refuse d'avancer en laisse et qu'il faut traîner sur le sol. Et il y a Neige, une petite boule de poils blanche, un loulou de Poméranie, qui se faufile derrière vous à peine la porte de chambre ouverte et saute sur le lit pour s'y lover, espérant que personne ne l'a vue.

Si vous comptez la laisser faire, en dégainant le traditionnel « C'est juste pour cette nuit », sachez que ça ne marchera absolument pas.

C'est d'ailleurs pourquoi il est inutile de chercher Neige à votre arrivée à l'hôtel, elle n'est plus disponible, elle a depuis peu été adoptée…

Dans un hôtel, on juge d'abord la propreté, puis le confort de la literie, les saveurs du buffet du petit déjeuner, mais on ne pense jamais aux gens qu'on va y rencontrer. Pourtant, là se trouve parfois l'essentiel.

Au Meilleur Ami de l'Homme, j'ai croisé des personnes incroyables : un septuagénaire qui collectionne les cravates (plus elles sont colorées, mieux c'est), un quadragénaire investi et patient, une adolescente apprentie comédienne de talent…

Mais surtout je m'y suis retrouvée, moi.

Le + : L'accueil, l'omelette aux champignons du maître des lieux et bien sûr les chiens.

Le - : Quand on y a séjourné, on ne peut plus en repartir.

Le prix : 80 euros la nuit avec le petit déjeuner. 150 euros pour l'adoption d'un pensionnaire canin.

L'adresse : *Au Meilleur Ami de l'Homme* – 564, avenue du Cœur-à-Cœur, 13240 Oulchyles-Embruns.

* * *

Lorsque je suis arrivée *Au Meilleur Ami de l'Homme*, je leur ai promis que je rédigerais un billet sur l'hôtel avant d'en partir. J'ai réalisé il y a quelques jours que je ne l'avais pas fait, j'y ai donc remédié. Mais en relisant ce que je viens d'écrire, je prends conscience qu'il est vraiment très difficile de parler d'un endroit où l'affectif est venu tout chambouler…

Eh oui ! L'affectif…

Quand je l'ai découvert, il n'était pas dans mes intentions de m'attacher à ce lieu plus qu'à un autre… C'était même tout le contraire, à vrai dire. À l'époque, je ne faisais que fuir et mettre tout à distance, croyant naïvement que cela allait me protéger de la souffrance.

Pourtant, c'est ce qui est arrivé. Je me suis attachée. À une petite chienne squatteuse de lit, grignoteuse de baskets et de fil électrique, à un septuagénaire adepte des cravates extravagantes, marié et amoureux de sa femme qui a oublié son existence, à un quadragénaire qui élève seul sa fille et cuisine des crêpes pour le petit déjeuner, et à une adolescente pleine de vie, qui saute plus qu'elle ne marche et s'extasie devant toutes les baskets des boutiques (avant qu'elles ne soient convoitées à leur tour par la petite chienne précédemment mentionnée).

Je me suis attachée et, même si je ne le regrette pas, ça me terrifie. Cette peur de la perte de l'autre ne me quitte pas et je dois lutter pour ne pas de nouveau prendre la fuite, mettre à distance tout ce qui pourrait être source de souffrance un jour.

J'ai repris mes explorations des régions françaises avec beaucoup d'envie et de plaisir. Je m'absente quelques jours, parfois quelques semaines, puis je rentre *Au Meilleur Ami de l'Homme*, que je n'ose encore appeler mon chez-moi bien que cela y ressemble. J'ai quitté la chambre 116 pour intégrer une suite de l'hôtel plus spacieuse. Cela m'a permis de rapatrier quelques-uns des cartons entreposés chez ma mère depuis mon déménagement.

Frédéric me rappelle parfois, en plaisantant, qu'il y a une place pour moi chez lui mais il n'insiste pas. Notre relation est douce et j'essaie chaque jour un peu plus d'accepter, sans culpabiliser, ce bonheur nouveau.

* * *

Je m'apprête à publier mon billet sur le blog lorsque quelqu'un frappe à ma porte. Neige, qui dormait jusque-là à pattes fermées sur mes genoux – sa nouvelle place de prédilection lorsque je travaille mes textes –, est soudain en pleine forme et saute sur le sol pour aller accueillir dignement le visiteur.

— Albane ? m'exclamé-je en ouvrant la porte, surprise de voir l'adolescente qui à cette heure, habituellement, fait du roller avec ses copines. Il y a un souci ?

— Non… Enfin… Je peux te parler ?

— Mais oui bien sûr, entre. Ça n'a pas l'air d'aller…

Je m'efface derrière la jeune fille qui hésite un instant avant d'aller s'asseoir en tailleur sur mon lit, calant ensuite un oreiller sous son menton.

— Tu es une fille, pas vrai ? commence-t-elle timidement.

— Oui… Il me semble que oui, répliqué-je, désormais plus amusée qu'inquiète et devinant sans mal ce dont il va être question.

— Donc si tu es une fille, tu dois savoir… Parce que je voudrais… Enfin, j'aimerais… Comment on fait pour plaire à un garçon ? finit-elle par lâcher.

Je manque presque d'éclater de rire avant de me raviser devant le visage plein d'espoir d'Albane.

— C'est une question dans l'absolu ? lui demandé-je, décidée malgré tout à la taquiner un peu.

— Eh bien… non. C'est-à-dire qu'il y a ce garçon dans ma classe… Et, enfin, tu vois, bredouille-t-elle.

— Tu l'aimes bien ? terminé-je à sa place.

Je repense à cette séance de répétition du rôle de Juliette et au discours d'Albane, à sa vision de l'amour et je ne peux m'empêcher de sourire. La vérité, c'est que tous les discours du monde s'écroulent quand l'amour s'en mêle.

— Oui. Mais je ne sais pas si c'est pareil pour lui. Il ne me parle pas beaucoup en fait. Je suis trop moche sûrement.

— Toi, moche ? Manifestement le miroir de ta chambre doit être défectueux, il va falloir le changer d'urgence ! Tu es une superbe jeune fille, drôle, pleine d'esprit et bourrée de talents. Bref, tu as déjà tout ce qu'il faut pour plaire aux garçons, crois-moi. Mais hélas, à ton âge, les filles et les garçons ne sont souvent pas sur la même longueur d'onde niveau sentiments. Là où les filles commencent à s'intéresser au sexe opposé, les garçons, eux, ne voient encore que par les copains. Il n'y a pas grand-chose à y faire.

— Ça craint, bougonne-t-elle.

— Comme tu dis, approuvé-je en m'asseyant à côté d'elle. Mais si tu es un peu patiente, ça devrait vite changer. Et bientôt, avec les garçons, tu n'auras plus que l'embarras du choix. Au grand désespoir de ton père, ajouté-je avec un clin d'œil.

— Tu crois ? demande-t-elle en posant sa tête sur mon épaule.

— J'en suis certaine ! Et comment s'appelle le jeune homme qui me vaut cette question ?

— Nathan…

— Eh bien, ce Nathan a beaucoup de chance que tu t'intéresses à lui, affirmé-je en entourant affectueusement ses épaules de mon bras.

— Roxane ? reprend Albane après quelques secondes de silence. Je voulais aussi te dire que je suis heureuse que tu fasses partie de ma vie. Papa est génial, hein, mais…

— C'est un homme ?

— Voilà. Il fait de son mieux mais bon, il comprend pas grand-chose aux trucs de fille. C'est chouette que tu sois là, tout est mieux depuis.

— À ton service, ma belle, répliqué-je crânement histoire de camoufler l'émotion qui m'étreint.

— Et puis aussi, j'aime pas quand tu pars pendant longtemps, poursuit-elle. Je voudrais pouvoir te parler tout le temps. J'espère… hésite-t-elle, j'espère que tu vas devenir ma belle-mère. Je sais bien que je ne remplacerai jamais Meryl, mais je me disais…

« Belle-mère »…

Ce mot me cueille par surprise et me bouleverse. L'espace d'un instant, je me sens coupable, comme s'il représentait une trahison pour ma fille. Je ne peux retenir mes larmes.

Mais, comme chaque fois que j'en ai eu besoin ces derniers temps, la voix de Meryl surgit dans mon esprit.

« Ne pleure pas, maman, je sais que tu m'aimes et que rien ne changera ça. Tu as été la meilleure de toutes les mamans, tu seras la meilleure de toutes les belles-mamans. Je t'aime très fort... »

Cette voix résonne en moi de manière si nette…

Pendant des mois, j'ai tout fait pour mettre son décès à distance, cherchant presque à en occulter la réalité. Sauf que personne n'a de contrôle sur ses souvenirs et que ceux-ci se manifestent avec d'autant plus de violence qu'on tente de les évincer. Alors qu'au final, sentir aujourd'hui sa présence agit comme un baume sur la plaie.

— Roxane ? Ça ne va pas ? s'inquiète Albane. Oh mais, tu pleures… C'est ma faute. Je ne voulais pas te faire pleurer, je voulais juste…

— Si je pleure, c'est parce que ça me touche que tu veuilles de moi pour belle-mère.

— C'est vrai ? Ça veut dire que tu es d'accord ? Que tu vas te marier avec papa et rester avec nous tout le temps ? s'enthousiasme-t-elle aussitôt.

— Je n'ai pas dit… et de toute façon, pour ça, il faut être deux !

— Compte sur moi pour convaincre papa ! Je vais aller le lui demander tout de suite !

Et avant même que j'aie le temps de protester, l'adolescente s'est précipitée vers la porte et a quitté la suite. Je l'entends crier dans le couloir :

— Elle a pas dit non, elle a pas dit non ! Je vais avoir une belle-mère, je vais avoir une belle-mère !

Je devine que tout cela est accompagné de ces fameux mouvements de bras qu'elle a essayé de m'apprendre et que j'ai été incapable de reproduire.

Je souris malgré moi : après qu'une petite chienne tenace m'a amenée à l'adopter, je viens de me faire piéger par une adolescente ! Est-ce la vie qui reprend ses droits, ou Meryl qui me protège ? Apaisée, je lui murmure encore : « Je t'aime, Meryl. Et pour toujours. »

Remerciements

Roman après roman, le rituel reste le même, essentiel pour moi : l'écriture des remerciements.

C'est la septième fois que je me prête à l'exercice, pourtant chaque fois est comme une première.

Parce que certaines personnes présentes au début de l'aventure ne font aujourd'hui plus partie de mon existence (ainsi va la vie), parce que d'autres, à l'inverse, y ont pris une place très importante (merci la vie).

Depuis l'origine, j'ai la chance d'être accompagnée d'agents extraordinaires, aussi humaines que disponibles. Andréa, Charlotte, Laure, merci d'être là, ce roman-là est pour vous. Septième roman, et quatrième éditeur.

Cécile, Denis, Clémence (mon éditrice jeunesse) et cette année Huguette. Je me sens riche de tous vos conseils, chacun d'entre vous a eu à cœur de me faire progresser.

Merci Huguette d'aimer mes textes, merci pour votre réactivité et votre énergie (malgré un démarrage de journée à 5 h 30 du matin). Merci d'avoir aimé ce roman, merci pour vos conseils et vos encouragements et, promis, j'en ai fini avec les héroïnes « soûlardes ».

Merci Denis d'avoir continué à veiller sur moi à distance.

Merci Aurore d'être la femme que tu es. Ton enthousiasme et surtout ta sincérité sont autant de qualités importantes pour moi.

Merci à tous ceux qui, à leur niveau, portent avec envie et opiniâtreté mes romans chez Michel Lafon. Parce que rien n'est jamais facile, et que rien n'est jamais garanti. De belles choses se profilent. Margaux, nous devrions pas mal nous parler ces prochains mois, tu m'en vois ravie.

Merci à toute la team Pocket, toujours à fond, toujours présente, toujours professionnelle.

Merci Perrine pour tes conseils, ta clairvoyance et ton humour.

Merci Alexandra de penser chaque fois à moi. Charlotte, je ne t'oublie pas mais comme tu vas chaque année à New York et que tu ne m'emmènes pas avec toi, je suis quelque peu obligée de t'en vouloir un peu. Normal.

Merci à tous les libraires qui défendent mes romans, qui m'accueillent en salon ou en dédicace dans leurs librairies. Merci pour votre soutien. Merci de m'avoir donné ma chance et de continuer à le faire.

Que serait une romancière sans lecteurs ? Pas grand-chose. Alors merci à vous qui me lisez. Merci pour vos retours, merci pour vos messages, vos sourires, vos rires, vos larmes d'émotion parfois. Merci de venir à ma rencontre toujours plus nombreux, toujours plus enthousiastes. Dans les moments de doute, lorsque je ne suis pas loin de me décourager, je pense à vous, merci pour toute cette énergie que vous me donnez.

Vous le savez, je le redis chaque fois, l'amitié est pour moi une valeur cardinale et je remercie tous les jours la vie d'avoir mis sur ma route ces femmes qui comptent infiniment pour moi : Amélie, Christelle, Emmanuelle, Hélène, Karine, Marilyse, Marie. Vous m'êtes précieuses. Septième roman, septième exercice de remerciements mais à la fin il est toujours celui qui clôture. Toujours. Merci à l'homme de ma vie d'être là, de me soutenir, de croire en moi. Je t'aime.

POCKET N° 17856

« Un roman drôle, frais, gai mais aussi touchant, émouvant et parfois triste. »

Des plumes et des livres

Carène PONTE

D'ICI LÀ, PORTE-TOI BIEN

Quoi de mieux que quelques jours dans un hôtel de luxe pour se remettre d'aplomb ? Six femmes s'y rendent pour la semaine d'inauguration. Elles n'ont ni le même âge ni la même vie, mais elles vont partager leurs émotions et s'épauler au cours de ce séjour si particulier pour chacune. Pas facile de se faire plaquer devant l'autel, d'espérer chaque jour un enfant qui ne vient pas, ni de savoir qu'on va bientôt perdre la mémoire... Mais en donnant sa chance à la chance, l'espoir pourrait renaître !

Retrouvez toute l'actualité de Pocket sur :

www.pocket.fr

Imprimé en France par CPI
en mai 2021
N° d'impression : 3044023

Pocket – 92 avenue de France, 75013 PARIS

S31580/01